H.G. WELLS
A VISITA MARAVILHOSA

Tradução
Carlos H. Rutz

H.G. WELLS
A VISITA MARAVILHOSA

Principis

Esta é uma publicação Principis, selo exclusivo da Ciranda Cultural
© 2023 Ciranda Cultural Editora e Distribuidora Ltda.

Traduzido do original em inglês
The wonderful visit

Texto
H. G. Wells

Tradução
Carlos H. Rutz

Preparação
Maria Lúcia A. Maier

Revisão
Catrina do Carmo

Produção editorial
Ciranda Cultural

Diagramação
Linea Editora

Design de capa
Wilson Gonçalves

Imagens
Puckung/Shutterstock.com

Dados Internacionais de Catalogação na Publicação (CIP) de acordo com ISBD

W453v	Wells, H. G.
	A visita maravilhosa / H. G. Wells ; traduzido por Carlos H. Rutz. - Jandira, SP : Principis, 2023.
	144 p. ; 15,5cm ; 22,6cm. - (Clássicos da literatura mundial)
	Tradução de: The wonderful visit
	ISBN: 978-65-5552-244-0
	1. Literatura inglesa. 2. Mistério. 3. Surpresa. 4. Pessoas. 5. Histórias. I. Rutz, Carlos H. II. Título. III. Série.
2023-1023	CDD 820
	CDU 82/9.82-31

Elaborado por Lucio Feitosa - CRB-8/8803

Índice para catálogo sistemático:
1. Literatura inglesa 820
2. Literatura inglesa 82/9.82-31

1ª edição em 2023
www.cirandacultural.com.br
Todos os direitos reservados.
Nenhuma parte desta publicação pode ser reproduzida, arquivada em sistema de busca ou transmitida por qualquer meio, seja ele eletrônico, fotocópia, gravação ou outros, sem prévia autorização do detentor dos direitos, e não pode circular encadernada ou encapada de maneira distinta daquela em que foi publicada, ou sem que as mesmas condições sejam impostas aos compradores subsequentes.

À memória de meu caro amigo,
WALTER LOW

SUMÁRIO

A noite do Estranho Pássaro 9

A chegada do Estranho Pássaro 11

A caçada ao Estranho Pássaro 14

O vigário e o Anjo 19

Parênteses sobre anjos..28

No vicariato 30

O homem da ciência 36

O coadjutor 42

Após o jantar 50

Amanhece...60

O violino 63

O Anjo explora o vilarejo 66

A visão de Lady Hammergallow..76

Outras aventuras do Anjo no vilarejo 80

A amplitude de visão da senhora Jehoram..........................87

Um incidente trivial 91

A trama das coisas 93

A apresentação do Anjo..95

O problema com o arame farpado 109

Delia 114

O doutor Crump toma uma atitude................................... 117

Sir John Gotch toma uma atitude 122
O penhasco à beira-mar 125
A senhora Hinijer toma uma atitude 127
O Anjo em apuros 130
O último dia da visita 134

Epílogo 143

A NOITE DO ESTRANHO PÁSSARO

1

Na noite do Estranho Pássaro, muitas pessoas em Sidderton e adjacências viram um brilho na charneca de Sidderford. Mas ninguém em Sidderford o viu, pois a maioria já estava dormindo.

Durante todo o dia, o vento só aumentava, fazendo com que as cotovias viessem chilrear rentes ao solo, pois, se levantassem voo, seriam levadas pela ventania como folhas. O sol se pôs em meio a nuvens rubras como sangue, e a lua ainda se escondia. O brilho, disseram, era dourado como um raio vindo do céu, mas interrompido por clarões curvos como espadas em movimento. Durou pouco mais que um instante e a noite escura finalmente caiu. O acontecimento foi noticiado por cartas à revista *Nature* e por uma ilustração que não ganhou muita atenção. (O leitor poderá ver com seus próprios olhos o desenho, bastante diferente do clarão, na página 42 do volume 260 da referida publicação.)

Ninguém em Sidderford viu a luz, mas Annie, esposa de Hooker Durgan, estava deitada, ainda desperta, e viu o reflexo, um brilho dourado intermitente, dançando na parede.

Também foi uma das que ouviu aquele barulho. Os demais foram Lumpy Durgan, o apalermado, e a mãe de Amory. Disseram que era como o som de uma criança chorando e a vibração de cordas de uma harpa, produzindo uma sequência de notas como aquelas que, às vezes, vêm de um órgão. Começou e terminou como uma porta que se abre e fecha, interrompido por um silêncio só quebrado pelo vento que açoitava a região pantanosa e pelo ruído das cavernas sob o penhasco de Sidderford. A mãe de Amory disse que quis chorar ao ouvir aquilo, mas Lumpy ficou triste por não poder ouvir mais.

Isso é o máximo que as pessoas conseguem contar sobre o clarão que iluminou a charneca de Sidderford e a suposta música que o acompanhou. Se tinham alguma conexão real com o Estranho Pássaro, cuja história é relatada a seguir, é algo que está além do meu entendimento. Mas paro por aqui, por motivos que ficarão mais claros com o prosseguimento da história.

A CHEGADA DO ESTRANHO PÁSSARO

2

Sandy Bright descia a rua vindo da Spinner, carregando um pedaço de toucinho que havia trocado por um relógio. Ele não viu a luz, mas viu e ouviu o Estranho Pássaro. De repente, ouviu um farfalhar e uma espécie de lamento com timbre feminino e, nervoso como era, ficou imediatamente alarmado e se virou, trêmulo da cabeça aos pés, quando viu algo grande e negro contra a escuridão dos cedros, que parecia descer em sua direção. Ele largou o toucinho ali mesmo e saiu em disparada, caindo em seguida.

Tal era seu estado mental que, em vão, tentou se lembrar de como começava o Pai-Nosso. O Estranho Pássaro voou sobre ele. Era muito maior que Sandy, tinha asas de enorme envergadura e era negro, como havia imaginado. Sandy acreditou que estava fadado a morrer e gritou. A criatura passou por ele, planando até o pé do morro e, sobrevoando o vicariato, desapareceu no enevoado vale, na direção de Sidderford.

Sandy Bright permaneceu deitado de bruços por um longo tempo, observando o Estranho Pássaro na escuridão. Finalmente, pôs-se de joelhos e começou a dar graças aos céus por sua misericórdia, com os olhos voltados para o pé do morro. Desceu até o vilarejo, falando alto e confessando seus pecados no caminho, para o caso de o Estranho Pássaro resolver voltar. Quem o viu passar acreditou que estivesse bêbado. Mas, daquela noite em diante, era um novo homem. Parou com as bebedeiras e com as fraudes ao erário, que realizava vendendo ornamentos de prata sem declarar as operações. O pedaço de toucinho ficou no alto do morro até que o mascate de Portburdock o encontrasse pela manhã.

O próximo a avistar o Estranho Pássaro foi um assistente de advogado em Iping Hanger, que subia o morro antes do café da manhã para ver o nascer do sol. A não ser por algumas nesgas de nuvens, o céu estava límpido naquela noite. Sua primeira impressão foi de ter visto uma águia. Perto do zênite, inacreditavelmente distante, uma mera mancha acima dos cirros parecia se debater contra o céu, como uma andorinha aprisionada faz de encontro a uma janela de vidro. Até que a criatura desceu à sombra da terra, fazendo uma curva aberta em direção a Portburdock, contornando Hanger e desaparecendo por trás do bosque do Parque Siddermorton. Parecia maior que um homem. Pouco antes de sumir, a luz do sol nascente atingiu o pico dos penhascos e tocou suas asas, que brilharam como chamas coloridas de pedras preciosas, e se desvaneceu, deixando a testemunha boquiaberta.

A caminho do trabalho, ladeando o muro de pedras do Parque Siddermorton, um lavrador viu o Estranho Pássaro passar como um vulto acima dele e desaparecer pelas frestas entre as faias. Mal viu as cores das asas, apenas as pernas da criatura, que eram longas, pareciam rosadas e desprovidas de pelos, e o corpo manchado de branco. Como uma flecha, disparou pelo ar sem deixar nenhum sinal.

Estas foram as três primeiras testemunhas oculares do Estranho Pássaro.

Hoje em dia, ninguém se acovarda diante do demônio e de sua própria pecaminosidade ou vê estranhas asas iridescentes à luz da aurora e não diz nada depois. O jovem assistente de advogado contou o fato à sua mãe e às suas irmãs no café da manhã, e, a caminho do escritório, em Portburdock, também contou ao ferreiro de Hammerpond. Passou a manhã com seus colegas assistentes, maravilhando-se, em vez de copiar escrituras. Sandy

Bright foi debater o assunto com o senhor Jekyll, o ministro "primitivo", e o lavrador narrou o acontecimento ao velho Hugh, e depois ao vigário de Siddermorton.

– As pessoas não são lá muito imaginativas por estas cercanias – disse o vigário de Siddermorton. – Eu me pergunto o quanto disso é verdade. Tirando o fato de que descreveram as asas como marrons, o animal mais parece um flamingo.

A CAÇADA AO ESTRANHO PÁSSARO

3

O vigário de Siddermorton – que fica a pouco mais de catorze quilômetros de Siddermouth, no sentido oposto ao mar – era ornitólogo. Tal interesse, assim como botânica, antiguidade, folclore, era algo quase inevitável para um homem em sua posição. Ele também era dado à geometria, chegando a propor problemas impossíveis para a revista *Educational Times*, mas a ornitologia era seu forte. Incluiu duas espécies sazonais à lista de aves da Grã-Bretanha. Seu nome era conhecido nas colunas do periódico *Zoologist* – temo que esteja esquecido hoje em dia, pois o mundo gira depressa. Um dia após a chegada do Estranho Pássaro, as pessoas vieram confirmar a história do lavrador e lhe contar, mesmo que sem nenhuma conexão, sobre o clarão no pântano de Sidderford.

Agora, o vigário de Siddermorton tinha dois rivais em suas aspirações científicas: Gully de Sidderton, que viu de fato o clarão, tendo enviado o desenho para a *Nature*, e Borland, o negociante de história natural, que mantinha o laboratório marinho em Portburdock. Borland, pensou o vigário, deveria ter se limitado a seus crustáceos copépodes, mas contava com um taxidermista e aproveitou que estava no litoral para capturar aves marinhas. Para qualquer um que sabia algo sobre colecionismo, era evidente que esses dois homens revirariam o país atrás do estranho visitante, ainda nas primeiras vinte e quatro horas.

Os olhos do vigário estavam sobre seu volume do *Manual das Aves Britânicas* de Saunders, o qual estudava no momento. Em dois verbetes, podia-se ler: "o único espécime britânico conhecido pertence ao reverendo K. Hilyer, vigário de Siddermorton". Um terceiro verbete. Duvidava que outro colecionador tivesse tal feito.

Olhou para o relógio. "Duas horas", pensou. Tinha acabado de almoçar, e geralmente a tarde servia para "descansar". Contudo, o vigário sabia que passaria muito mal se saísse sob o sol forte. Embora Gully talvez estivesse fazendo sua ronda. Imagine se fosse um excelente espécime e Gully o capturasse!

Sua arma ficava em um canto. (A coisa com asas iridescentes e pernas rosadas! O conflito cromático era, sem dúvida, um grande estímulo.) Pegou-a.

O vigário poderia muito bem sair pela varanda, descer o jardim até a estradinha do morro, para evitar que sua empregada o visse. Sabia que suas expedições armadas não eram aprovadas por ela. Mas, vindo em sua direção pelo jardim, viu a esposa do coadjutor e suas duas filhas carregando raquetes de tênis. A esposa de seu coadjutor era uma mulher de grandes caprichos, que costumava jogar tênis em seu gramado e cortar suas rosas. Tinha pontos de vista diferentes dos seus, além de criticar seu comportamento por toda a paróquia. O vigário desenvolveu um medo abjeto dela e sempre tentava lhe agradar. Todavia, seu foco era a ornitologia...

E resolveu sair pela porta da frente.

4

Se não fossem os colecionadores, a Inglaterra estaria repleta, por assim dizer, de aves raras e borboletas maravilhosas, flores exóticas e milhares de coisas interessantes. Mas o colecionador impede que isso aconteça, seja matando com suas próprias mãos seja comprando essas excentricidades de pessoas financeiramente mais desfavorecidas, que as mata, quando elas aparecem. Isso oferece trabalho para as pessoas, embora as leis do Parlamento interfiram. Desse modo, por exemplo, na Cornualha estão em extinção a gralha-de-bico-vermelho, borboletas como a esverdeada ou a *Issoria lathonia,* o pinguim arau-gigante e uma centena de outros pássaros, plantas e insetos raros. Tudo isso é obra do colecionador e glória apenas dele. Em nome da ciência. E assim deve ser. De fato, essa excentricidade é imoralidade – pense sobre isso novamente se ainda não o fez –, do mesmo jeito que a excentricidade na maneira de alguém pensar é loucura (eu o desafio a encontrar outra definição que se encaixe em um ou outro caso); e, se uma espécie é rara, então não está apta a sobreviver. O colecionador é, no fim das contas, um soldado raso em dias de pesadas armaduras, que deixa os combatentes lutarem e corta a garganta dos que são abatidos. Portanto, você pode atravessar a Inglaterra de ponta a ponta no verão que verá apenas oito ou dez flores silvestres comuns, algumas borboletas comuns e uma dúzia, se tanto, de pássaros comuns, e jamais ser insultado por uma quebra de monotonia, um respingar de flor estranha ou um farfalhar de asa desconhecida. Todo o resto virou "coleção" anos atrás. Por esse motivo, todos deveríamos amar os colecionadores, tendo em mente o tanto que devemos a eles quando suas pequenas coleções são exibidas. Suas escrivaninhas canforadas, seus frascos de vidro e seus mata-borrões, todos servem como túmulos para o raro, o belo, os símbolos da vitória do lazer, moralmente gastos, sobre os deleites da vida. (Os quais, como o leitor bem percebe, nada têm a ver com o Estranho Pássaro.)

5

Há um lugar nas charnecas onde as águas escuras brilham entre os musgos suculentos e as plantas comedoras de insetos descuidados erguem seus braços famintos e manchados de vermelho para o Deus que lhes fornece a presa, em uma cadeia onde um alimenta o outro. Em um monte perto dali, crescem bétulas de troncos prateados, e o verde-claro do lariço se mistura ao verde-escuro dos abetos. Por entre a urze que fornece tão delicioso mel, lá vinha o vigário, sob o sol quente, com uma arma carregada de chumbo destinada ao Estranho Pássaro. Na mão desocupada, carregava um lenço de bolso com o qual, de tempos em tempos, enxugava o rosto rechonchudo.

Passou pelo grande lago e pela poça cheia de folhas marrons onde Sidder se ergue e pegou a estradinha (que começa arenosa e vai ficando pedregosa) até o pequeno portão que dá para o parque. Há sete degraus que sobem até o portão e, do outro lado, mais seis que descem, para que os cervos fujam, de modo que, quando o vigário estava no portão de entrada, sua cabeça estava a três metros ou mais do chão. Ao olhar para um alvoroço nas folhas de samambaias que preenchiam o espaço entre dois grupos de faias, seu olho captou algo colorido que veio titubeando. De repente, seu rosto se iluminou e seus músculos se tensionaram; ele baixou a cabeça, segurou a arma com ambas as mãos e ficou imóvel. Observou atentamente e desceu os degraus que adentravam o parque, ainda com ambas as mãos na arma, praticamente se arrastando em direção à selva de samambaias.

Nada se moveu, e ele quase temeu que seus olhos tivessem lhe pregado uma peça, até que chegou próximo às plantas e mergulhou entre elas. Subitamente, algo muito colorido se ergueu, a pouco menos de vinte metros de seu rosto, e se debateu no ar. O vulto esvoaçou acima das samambaias e espalhou diversas penas. O vigário viu o que era e, com o coração na boca, disparou por susto e por força do hábito.

Um grito de agonia supra-humana ecoou, as asas bateram duas vezes no ar e a vítima veio ao chão em uma trajetória oblíqua – o corpo se contorcendo, a asa quebrada e as plumas manchadas de sangue –, sobre a encosta verdejante.

O vigário ficou horrorizado, com a arma ainda fumegante nas mãos. Não era nenhum pássaro, mas um jovem de feições belíssimas, vestindo uma túnica cor de açafrão, com asas iridescentes, grandes ondas multicoloridas nas penas, em púrpura e carmesim, verde-dourado e azul intenso, umas sobre as outras, enquanto se contorcia em agonia. O vigário jamais havia visto tamanho derramamento de cores, nem nos vitrais, nem nas asas das borboletas, nem mesmo nas glórias vistas entre prismas cristalinos. Nenhuma cor no mundo se comparava àquelas. Por duas vezes, o Anjo se levantou, para imediatamente cair. Quando o bater das asas diminuiu, o rosto assustado empalideceu, as cores perderam o viço e, com um soluço, a criatura caiu de bruços, e os matizes de suas asas quebradas foram se esvanecendo até um cinza opaco e uniforme.

– O que houve comigo? – gritou o Anjo (pois é isso o que era), tremendo violentamente, com as mãos estendidas agarrando o chão, até que não se moveu mais.

– Santo Deus! – exclamou o vigário. – Eu não fazia ideia! – O religioso se aproximou calmamente. – Com licença – disse ele. – Receio tê-lo alvejado.

Que óbvia constatação.

Pela primeira vez, o Anjo pareceu estar ciente de sua presença. Com uma das mãos se ergueu, os olhos castanhos penetrando os do vigário. Até que, com um suspiro e mordendo o lábio inferior, conseguiu se sentar, examinando o religioso da cabeça aos pés.

– Um homem! – disse o Anjo, com a mão à testa. – Um homem no mais insano dos trajes e sem uma pena no corpo. Não fui enganado, estou mesmo na Terra dos Sonhos!

O VIGÁRIO E O ANJO

6

Ocorrem agora coisas francamente impossíveis. O mais débil dos intelectos vai enxergar essa situação como impossível. A revista *The Athenæum* provavelmente dirá o mesmo se ousasse analisar esse caso. As samambaias banhadas de sol, espalhando-se pelas faias, o vigário e a arma, já aceitáveis o bastante. Mas o Anjo é algo completamente diferente. Gente sensata jamais seguiria lendo tão extravagante livro. O vigário apreciaria tal impossibilidade. Mas não teve forças para decidir. Consequentemente, foi adiante, como o leitor há de saber. Ele estava agitado, havia acabado de jantar, não estava com humores para sutilezas mentais. O Anjo o manteve em desvantagem e seguiu distraindo-o do assunto principal com uma iridescência irrelevante e um bater de asas violento. No momento, não ocorreu ao vigário perguntar se o anjo era algo possível ou não. O religioso o aceitou na confusão do momento, e a confusão estava feita. Ponha-se no lugar dele, *Athenæum*. Você sai para caçar e acerta algo. Isso bastaria para desconcertar uma pessoa. Então, descobre que alvejou um Anjo, que geme por cerca de um minuto, senta-se e fala com você. E a criatura alada sequer se desculpa por sua própria impossibilidade. Na verdade, ela põe toda a culpa em você. "Um homem! Um homem no mais insano dos trajes e sem uma pena no corpo. Não fui enganado, estou mesmo na Terra dos Sonhos!", ele dissera, e você precisa lhe responder. A não ser que decida sair dali correndo. Ou estourar os miolos da criatura com seu segundo cartucho, para escapar da controvérsia.

– A Terra dos Sonhos! Perdoe-me se dei a entender que foi de onde veio – observou o vigário.

– Como assim? – perguntou o Anjo.

– Sua asa – disse o vigário. – Está sangrando. Antes de conversarmos, posso ter o prazer, mesmo que lamentável, de atá-la? Eu sinto muitíssimo... – O Anjo pôs a mão às costas, temeroso.

O vigário ajudou-o a se levantar. O Anjo se virou solenemente, e o vigário, com inúmeras pausas para respirar, examinou cuidadosamente as asas feridas. ("São articuladas", observou, interessado. "Do tipo segunda glenoide do lado superior externo da escápula. A asa esquerda tem ferimentos leves, apenas algumas penas perdidas, e um tiro na álula, mas o úmero direito foi evidentemente estilhaçado.") O vigário estancou o sangramento como pôde e prendeu o osso com o lenço. As penas foram todas no cachecol que a empregada o fazia levar consigo, não importasse o clima do dia.

– Creio que vai passar um tempo sem poder voar – disse ele, sentindo o osso.

– Não gosto dessa sensação – disse o Anjo.

– A dor que sente no osso?

– O quê?

– A dor.

– Vocês chamam isto de "dor"? Certamente não gosto dela. Há muito desta dor na Terra dos Sonhos?

– Uma boa quantidade – disse o vigário. – É algo novo para você?

– Bastante – respondeu o Anjo. – E não gostei.

– Que curioso! – disse o vigário, mordendo a ponta de uma tira de pano para terminar um nó. – Creio que esta bandagem deve servir por enquanto – afirmou. – Eu já fiz curativos antes, mas nunca em asas. A dor melhorou?

– Ela agora brilha levemente em vez de ofuscar – respondeu o Anjo.

– Receio que ainda vá brilhar por um tempo – completou o vigário, ainda cuidando do ferimento.

O Anjo encolheu uma das asas e se virou para encarar novamente o vigário. Tentou manter os olhos nele por cima do ombro durante toda a conversa, as sobrancelhas erguidas e um sorriso crescente no belo rosto de feições suaves.

– Parece estranho – disse, querendo rir. – Estar falando com um homem!

– Pensando bem, é igualmente estranho falar com um anjo – disse o vigário. – Eu sou um homem realista. Um vigário tem de ser. Anjos sempre foram considerados concepções artísticas...

– Exatamente o que pensamos dos homens.

– Mas, obviamente, você já viu vários homens...

– Nenhum até hoje. Em figuras e livros, muitas vezes, é claro. Mas vi muitos desde que amanheceu hoje, homens de verdade, além de um cavalo, criaturas como o unicórnio, mas sem o chifre. Fiquei naturalmente um pouco assustado diante de tantos monstros lendários e vim me esconder aqui até que escurecesse. Suponho que voltará a escurecer como ocorreu antes. Ufa! Essa tal "dor" de vocês não é nada divertida. Espero poder acordar bem.

– Não sei se compreendi exatamente – disse o vigário, cofiando as sobrancelhas e tocando a testa com a mão aberta. – Monstro lendário? – A pior coisa de que já fora chamado na vida até então foi de ser um "medieval anacrônico", por ser um defensor da separação entre Igreja e Estado. – Será que você me considera como... parte de um sonho?

– Logicamente! – disse o Anjo, sorrindo.

– E quanto a este mundo, estas árvores enormes e suas copas imensas?

– Tudo com muita aparência de sonho – respondeu o Anjo. – Exatamente como alguém poderia sonhar... ou como os artistas concebem.

– Há artistas entre os anjos?

– Todo tipo de artistas. Anjos com maravilhosa imaginação, que inventam homens, vacas, águias e milhares de criaturas impossíveis.

– Criaturas impossíveis? – perguntou o vigário.

– Sim, criaturas impossíveis. – repetiu o anjo. – Lendas.

– Mas eu sou real! – enfatizou o religioso. – Eu lhe garanto que sou real. Temeroso, o Anjo encolheu as asas e sorriu.

– Eu sempre sei quando estou sonhando.

– Você está sonhando – disse o vigário, olhando em volta. – Você está sonhando – repetiu, confuso. – Apertou as mãos agitadas. – Ah, agora começo a entender! – exclamou, quando uma ideia realmente brilhante começou a surgir em sua mente. Não havia estudado Matemática em Cambridge à toa, afinal. – Por favor, conte-me dos animais de seu mundo... do mundo real, dos animais reais que conhece.

– Animais reais! – disse o Anjo, sorrindo. – Ora... Há grifos e dragões, querubins, esfinges, hipogrifos, sereias, sátiros e...

– Obrigado – disse o vigário, quando o Anjo pareceu se empolgar. – Muito obrigado! Já basta. Creio que começo a compreender. – Pausou por um momento e seu rosto se franziu. – Sim, começo a vislumbrar.

– O quê? – perguntou o Anjo.

– Os grifos, sátiros e todo o resto. Está claro...

– Mas eu não os vejo – disse o Anjo.

– Não, a questão é que eles não são vistos neste mundo. Mas nossos homens de grande imaginação já nos contaram sobre eles, sabia? Eu mesmo, às vezes... Há lugares neste vilarejo onde devemos nos deter apenas ao que está diante dos nossos olhos ou as coisas acabam sendo desagradáveis. Posso lhe dizer que já vi, em meus sonhos, grifos, duendes, mandrágoras... Para nós, são todas Criaturas dos Sonhos...

– Criaturas dos Sonhos! – repetiu o Anjo. – Que singular! Este é mesmo um sonho muito curioso. Uma certa baderna. Vocês, homens, são reais, e os anjos são lendas. Pode-se até pensar que deve haver dois mundos, como se...

– No mínimo dois – disse o vigário.

– De certo modo próximos, mas mal levantando suspeitas...

– Como as páginas de um livro.

– Um invadindo o outro, cada um vivendo sua própria vida. Um sonho verdadeiramente delicioso!

– Sem ao menos sonhar um com o outro.

– A não ser quando as pessoas realmente sonham!

– Sim – respondeu o Anjo, pensativo. – Deve ser algo assim, o que me faz lembrar que, às vezes, quando eu estava prestes a adormecer, ou cochilando sob o sol do meio-dia, eu vi rostos estranhos, enrugados como o seu, passando por mim, com árvores e folhas verdes sobre eles, em um solo estranho e desnivelado como este... deve ser isso. Eu caí em outro mundo.

– Às vezes – começou o vigário –, ao me deitar, no limite da minha consciência, eu vi rostos tão belos quanto o seu e visões inebriantes de cenários maravilhosos que passavam por mim, silhuetas aladas que planavam, e formas fantásticas, por vezes terríveis, que iam e vinham. Cheguei até a ouvir música... Pode ser que, quando desviamos nossa atenção do mundo da razão, do mundo que nos pressiona, e relaxamos, outros mundos... Assim como vemos as estrelas, aqueles outros mundos no espaço, quando o brilho do dia se esvai... Os sonhadores da arte enxergam tais coisas mais claramente...

Eles se observaram.

– E, de alguma maneira incompreensível, eu vim dar neste seu mundo, deixando o meu para trás! – disse o Anjo – O mundo dos meus sonhos se tornou real. – Olhou em volta. – O mundo dos meus sonhos.

– É confuso – admitiu o vigário. – Quase me faz pensar que existam... Hummm... quatro dimensões, afinal. Na verdade, é claro – seguiu apressadamente, pois amava estudos de geometria e tinha certo orgulho de seu conhecimento sobre eles –, pode haver uma quantidade indefinida de universos tridimensionais postados lado a lado, sonhando misteriosamente uns com os outros. Devem existir mundos sobrepostos, universos sobrepostos. É perfeitamente possível. Não há nada tão incrível quanto o absolutamente possível. Mas o que eu me pergunto é como você deixou o seu mundo para vir até o meu?

– Pobre de mim – disse o Anjo. – Veja os cervos... um adulto! Igual aos que são desenhados nos brasões. Como parecem grotescos! Estou mesmo acordado? – Coçou os olhos com os nós dos dedos. A meia dúzia de cervos com manchas brancas se aproximou em fila indiana entre as árvores e parou para observar. – Não é um sonho, eu realmente sou um Anjo na Terra dos Sonhos – disse o Anjo, rindo.

O vigário o analisou. O cavalheiro que atendia por "reverendo" entortou a boca em seu tique nervoso e coçou o queixo, perguntando-se se não estaria também na Terra dos Sonhos.

7

Na Terra dos Anjos, pelo que o vigário descobriu ao longo de várias conversas, não há dor ou doença, casamento ou separação, nascimento ou morte. Apenas ocasionalmente coisas novas têm início. É uma terra sem montanhas ou vales, maravilhosamente plana, brilhante e com estranhos edifícios, com luz solar incessante e lua sempre cheia, com brisas constantes soprando o rendilhado das árvores. É uma terra maravilhosa, com mares cintilantes no firmamento, por onde estranhas frotas navegam, sabe-se lá com que destino. Lá, as flores brilham no céu, as estrelas cintilam quase rentes ao chão, e o sopro da vida é um deleite. É uma terra sem limites, sem sistema solar ou espaço interestelar, onde o ar atravessa o sol e adentra o maior dos abismos do céu. Lá não há nada além de beleza. A formosura da nossa arte não passa de pálidos vislumbres daquele mundo encantador, onde nossos primeiros compositores ouvem somente a abafada poeira da melodia que perpassa o vento. E há também os anjos, aqueles maravilhosos colossos de bronze, mármore e fogo ardente, que perambulam por todos os cantos daquele lugar.

É também uma terra de leis, as quais são, estranhamente, diferentes das nossas. Sua geometria também é diferente porque seus espaços são curvilíneos, fazendo com que todos os seus planos sejam cilíndricos; sua gravidade não segue a lei do inverso do quadrado, e há vinte e quatro cores primárias, não apenas três. A maioria das coisas fascinantes da nossa ciência é para eles algo ordinário, e todo nosso conhecimento científico lhes pareceria o mais insano dos sonhos. Lá, não existem flores sobre as plantas, mas jatos de fogo colorido. Isso, obviamente, pareceria sem sentido para você, que não compreende a maior parte do que o Anjo disse ao vigário, mesmo que este não pudesse entender, em razão de suas próprias experiências, uma vez que este mundo é essencialmente material e incompatível com a compreensão dele. Era estranho demais para se imaginar.

Nem o Anjo nem o vigário faziam ideia do que provocou o choque desses dois universos paralelos que arremessou o Anjo repentinamente em Sidderford. Tampouco o autor desta história, o qual está preocupado com os fatos, e não tem o desejo nem a confiança para afirmar nada. As explicações são a falácia da era científica. O fundamental é isto: que no Parque Siddermorton, com a glória de um mundo maravilhoso onde não há angústias nem lamentos, no dia 4 de agosto de 1895, um belo e brilhante Anjo conversou com o vigário de Siddermorton sobre a pluralidade dos mundos. O autor há de jurar pelo Anjo, se necessário for, e é isso.

8

– Eu tenho uma sensação bastante incomum aqui, desde que amanheceu. Eu não me lembro de ter sentido nada aqui antes.

– Espero que não seja dor – disse o vigário.

– Ah, não, é algo bastante diferente, é uma espécie de vácuo.

– Pode ser a pressão atmosférica, é um pouco diferente – começou o vigário, coçando o queixo.

– Sabe, eu também tenho sensações curiosas na boca... Como se eu... veja que absurdo, quisesse pôr coisas dentro dela.

– Santo Deus! – exclamou o vigário. –Você está com fome!

– Fome? O que é isso? – indagou o Anjo.

– Você não come?

– Come! Outra palavra nova.

– Colocar comida dentro da boca. Aqui, você terá de fazer isso. Logo vai aprender. Se não comer, ficará magro e sem forças, passará por muitos problemas, dor, entendeu, até finalmente morrer.

– Morrer! – reagiu o Anjo. – Outra palavra estranha!

– Não é estranha por aqui. Ela significa falecer – disse o vigário.

– Nós nunca falecemos – admitiu o Anjo.

– Neste mundo, é impossível você saber o que pode lhe acontecer – disse o vigário, analisando-o. – Se você está sentindo fome, dor e suas asas estão quebradas, provavelmente haja o risco de não mais sair daqui. De qualquer forma, é melhor tentar comer. Digo por experiência própria que há muitas outras coisas mais desagradáveis.

– Creio que eu deva comer – disse o Anjo. – Se não for difícil demais. Eu não gosto desta "dor" de vocês, nem desta "fome". Se a "morte" de vocês for algo parecido, eu prefiro comer. Que mundo estranho este aqui!

– Morrer – disse o vigário – geralmente é considerado pior do que a dor e a fome, mas depende.

– Você precisa me explicar isso depois – disse o Anjo. – A menos que eu acorde. Agora, por favor, mostre-me como comer. Eu sinto uma certa urgência...

– Perdoe-me – disse o vigário, dando-lhe o braço. – Se eu puder ter a honra de hospedá-lo. Minha casa fica adiante, a poucos quilômetros daqui.

– Sua casa! – reagiu o Anjo, um pouco confuso, tomando o braço do vigário afetuosamente.

Os dois seguiram conversando por pouco mais de um quilômetro morro abaixo, enquanto atravessavam as esplêndidas samambaias, o sol perpassava a copa das árvores, as paliçadas do parque e a urze repleta de abelhas, até chegarem à casa.

Você ficaria encantado com a dupla, se pudesse vê-la. O Anjo, esbelto, cerca de um metro e meio de altura, com um rosto belíssimo, quase feminino, como que pintado por um velho mestre italiano. (De fato, há um na Galeria Nacional, *Tobias e o Anjo,* de um artista desconhecido, nada muito diferente dele até onde alcançam o rosto e o espírito.) Trajava apenas uma túnica cor de açafrão com detalhes em púrpura, os joelhos e pés nus, e as asas, agora quebradas, cor de chumbo, dobradas atrás dele. O vigário era um homem baixo, rechonchudo, de tez avermelhada, barbeado, com olhos castanho-avermelhados. Vestia um chapéu de palha bicolor com uma faixa preta, uma gravata branca impecável, e tinha um relógio de bolso dourado. Estava tão interessado em sua companhia que só quando estava perto do vicariato lhe ocorreu que deixara a arma caída, entre as samambaias.

Estava exultante com o fato de que a asa que enfaixara fizera a dor diminuir.

PARÊNTESES SOBRE ANJOS

9

Sejamos claros. O Anjo desta história é o Anjo da Arte, não o anjo que as pessoas reverenciam ao tocar, nem o Anjo de caráter religioso, nem o Anjo das crenças populares. Este último, todos nós conhecemos. Ele se assemelha a uma figura feminina, em meio às hostes angelicais: veste uma túnica de um branco absoluto e imaculado, com mangas, tem pele clara, longas tranças douradas e olhos azul-celeste. Uma mulher absolutamente pura, trajando sua camisola, com asas presas às escápulas. Suas missões são sempre domésticas e solidárias, como vigiar um berço ou conduzir uma alma irmã ao céu. Geralmente carrega uma folha de palmeira, mas não seria nenhuma surpresa se alguém a encontrasse levando um aquecedor para algum pecador com frio. Foi ela quem desceu para tirar Margarida da prisão, na última cena adaptada de *Fausto*, no Teatro Liceu. É ela também que surge na visão das pobres crianças enfermas destinadas a morrer jovens, nos romances da senhora Henry Wood. Essa feminilidade com seu indescritível encanto de santidade que remete à lavanda, ao cheiro de limpeza, às vidas metódicas, é, ao que parece, uma invenção puramente teutônica. O pensamento latino a desconhece; os velhos mestres não a retrataram. Ela é um pedaço daquela gentil e inocente escola de arte refinada cujo maior triunfo é "um nó na garganta", e onde a perspicácia, a inteligência, o escárnio e a pompa não têm vez. O anjo branco foi criado na Alemanha, terra de mulheres loiras e de sentimentos voltados ao lar. Chega a nós fresca e reverente, pura e tranquila, silenciosamente calma, com a vastidão e a paz de um céu estrelado, tão indescritivelmente caro a uma alma teutônica... Nós a reverenciamos. Assim como igualmente reverenciamos os anjos dos hebreus, espíritos de força e mistério, Rafael, Zadiel e Miguel, cuja sombra apenas Watts capturou, cujo esplendor apenas Blake presenciou.

Mas afirmamos que o Anjo alvejado pelo vigário não é nenhum desses, mas o Anjo da arte italiana, esfuziante e policromática. Ele vem da terra dos belos sonhos e não de um lugar santificado. No máximo, é uma criatura típica dos católicos. Portanto, caro leitor, tenha paciência com suas pobres penas e não se precipite em acusá-lo de forma irreverente antes de terminar a história.

NO VICARIATO

10

A esposa do coadjutor, suas duas filhas e a senhora Jehoram ainda estavam jogando tênis no gramado atrás do escritório do vigário, disputando animadamente e falando sem cessar sobre moldes de blusas. O vigário havia se esquecido desse detalhe e havia voltado pelo mesmo caminho.

Elas viram o chapéu do vigário por cima dos rododendros e cabelos cacheados que o acompanhavam ao lado.

– Tenho de indagá-lo sobre Susan Wiggin – disse a esposa do coadjutor, que estava prestes a sacar e tinha a raquete em uma mão e a bola na outra. – Ele deve ter saído para vê-la, já que é o vigário. Eu... Ah!

Subitamente, os dois vultos entraram em seu campo de visão. O vigário, de braços dados com um...

Veja como tudo aconteceu rápido para a esposa do coadjutor. Com o rosto do Anjo voltado para ela, não enxergou as asas. Apenas um rosto de beleza extraterrena em um halo de cabelos claros e uma figura graciosamente vestida com uma túnica cor de açafrão que mal chegava aos joelhos. A lembrança daqueles joelhos atingiu o vigário subitamente. Ele também ficara horrorizado. Assim como as duas meninas e a senhora Jehoram.

Todos horrorizados. Perplexo, o Anjo observou o semblante do grupo. Perceba que a criatura jamais vira alguém horrorizado antes.

– Se-nhor Hilyer! – repreendeu a esposa do coadjutor. – Isso já é demais! – emudeceu por um instante. – Oh! – caminhou na direção das meninas, que estavam imóveis. – Venham!

O vigário abria e fechava a boca, sem emitir nenhum som. O mundo girava e zumbia ao redor dele. Houve um rodopio de saias ao vento, quatro rostos inflamados em direção à porta que cruzava o vicariato. Percebeu que seu ofício ia junto com elas.

– Senhora Mendham – disse o vigário, vindo à frente. – Senhora Mendham, a senhora não está entendendo...

– Oh! – repetiram todas.

Uma, duas, três, quatro saias sumiram porta adentro. O vigário ficou estático no meio do gramado, perplexo.

– É o que acontece – disse ela, lá de dentro –, quando se tem um vigário solteiro.

O suporte de guarda-chuvas balançou. A porta da frente do vicariato bateu como o som de um pequeno tiro. Fez-se silêncio por um tempo.

– Eu deveria ter imaginado – disse ele. – Ela é sempre tão precipitada.

O religioso levou a mão ao queixo, como de hábito. Então, virou-se para seu companheiro. O Anjo evidentemente era alguém de bons modos. A criatura alada pegou o guarda-sol da senhora Jehoram, que ela deixara em uma das cadeiras de palha, e o examinou com extraordinário interesse. Em seguida o abriu.

– Que mecanismo curioso! – exclamou. – Para que serve?

O vigário não respondeu. O traje do Anjo certamente era um... O vigário sabia que cabia um termo em francês do qual não se lembrava. Era muito raro que usasse esse idioma. Não era *de trop*, disso tinha certeza. Era qualquer coisa, menos *de trop*. O Anjo certamente era *de trop*, mas certamente seu traje não o era. Ah! *Sans culotte!*

Pela primeira vez, o vigário analisou criticamente o visitante.

– Vai ser muito difícil explicar tudo – disse a si mesmo, em voz baixa.

O Anjo fincou o guarda-sol na terra e foi cheirar a rosa-mosqueta. O sol sobre seus cabelos lhes deu a aparência de uma auréola. Ele espetou o dedo.

– Que estranho! – reagiu. – Outra dor.

– Sim – disse o vigário, pensando em voz alta. – É tão belo quanto curioso. Eu deveria gostar dele assim. Mas receio que não será isso que vai acontecer.

O religioso se aproximou do Anjo com um pigarro nervoso.

11

– Aquelas eram senhoras – disse o vigário.

– Que grotescas – respondeu o Anjo, sorrindo e cheirando a flor. – E como suas formas são peculiares!

– Talvez – disse o vigário. – Você viu como elas se comportaram?

– Elas foram embora. Pareciam que estavam fugindo. Estavam assustadas? É claro que eu me assustei ao ver coisas sem asas. Eu espero que... será que elas se assustaram com as minhas asas?

– Com a sua aparência de modo geral – disse o vigário, olhando involuntariamente para os pés rosados.

– Céus! Nunca pensei nisso. Acho que sou tão estranho para elas quanto você me pareceu. – Olhou para baixo. – Olhe os meus pés. Vocês têm cascos como os hipogrifos.

– São botas – corrigiu o vigário.

– Vocês os chamam de botas! De qualquer modo, lamento tê-las alarmado...

– Escute – disse o vigário, com a mão no queixo –, nossas senhoras têm... hummm... visões peculiares, não artísticas, sobre... roupas. Receio que, vestido como está, por mais bonito que seja seu traje, você vai acabar de certa forma... isolado na sociedade. Nós temos um ditado por aqui que diz: "Em Roma, faça como os romanos". Eu lhe garanto que, presumindo que queira, hummm... se aproximar de nós, durante sua estada involuntária...

O Anjo recuou um passo quando o vigário tentou chegar mais perto, em uma tentativa de ser diplomático e discreto. O belo rosto foi tomado pela perplexidade.

– Eu não entendo. Por que você faz esses barulhos com a garganta? Está morrendo, comendo ou será uma daquelas...

– Como seu anfitrião... – interrompeu o vigário.

– Como meu anfitrião... – repetiu o Anjo.

– Considerando que queira permanecer por mais tempo aqui, você aceitaria usar uma roupa inteiramente nova, semelhante a esta que estou usando?

– Oh! – reagiu o Anjo, recuando para observar o vigário da cabeça aos pés. – Vestir-me como você! – exclamou, confuso e encantado, os olhos se arregalando, brilhantes, e a boca se erguendo nos cantos. – Que encantador! – celebrou, batendo palmas. – Mas que sonho louco, extravagante! Onde estão tais vestes? – segurou a gola da túnica alaranjada.

– Lá dentro! – respondeu o vigário. – Venha por aqui. Vamos nos trocar lá dentro!

12

E assim o Anjo vestiu roupas de baixo do vigário, uma camisa, cortada nas costas para acomodar as asas, meias, sapatos, calça, colarinho, gravata e um leve casaco. Vestir este último foi algo doloroso, o que lembrou ao vigário que a bandagem era temporária.

– Vou tocar a sineta para o chá e pedir que Grummet vá até Crump – disse o vigário. – O jantar será servido mais cedo.

Enquanto o vigário gritava ordens no corrimão, o Anjo se observava no espelho com enorme deleite. Talvez graças ao sonho, se era um estranho à dor, não o era ao prazer do absurdo.

Tomaram chá na sala de visitas. O Anjo sentou-se em uma banqueta, por causa das asas. Sua primeira ideia fora deitar no tapete. Estava muito menos radiante nas roupas do vigário do que parecia na charneca, com a túnica cor de açafrão. Seu rosto ainda brilhava, os cabelos e as bochechas estranhamente iluminados. Havia uma luz sobre-humana em seus olhos, mas as asas sob o casaco davam-lhe um aspecto corcunda. Eram vestes que o deixavam mais terrestre. A calça recebeu pregas na transversal e os sapatos eram cerca de um número maior.

Ele era encantadoramente afável e ignorava os fatos mais elementares da sociedade. Comer tornou-se algo fácil e o vigário passou um bom tempo ensinando-o a beber chá.

– Mas que caos! Que mundo mais feio e grotesco é este! – disse o Anjo. – Vocês enchem a boca de coisas! Usamos a boca apenas para falar e cantar. Nosso mundo é quase irremediavelmente belo, sabia? Quase nada lá é feio e isso me faz achar tudo aqui… encantador.

A senhora Hinijer, empregada do vigário, olhou para o Anjo desconfiada quando trouxe o chá. Ela o achou um "comensal esquisito". O que não sabemos é o que pensaria se o visse na túnica cor de açafrão.

O Anjo andou pela sala com sua xícara de chá em uma mão e o pão com manteiga na outra, examinando a mobília do vigário. Do lado de fora das janelas francesas, o gramado com suas dálias e girassóis brilhavam sob o sol quente, e o guarda-sol da senhora Jehoram ainda estava lá, como um triângulo de fogo. Notou o retrato do vigário sobre a cornija da lareira, sem entender o motivo daquilo estar ali.

– Você tem sua versão rechonchuda, por que quis esta outra, plana? – perguntou, dirigindo-se ao retrato. Estava mesmo fascinado com a placa de vidro diante da lareira, mas estranhou as cadeiras de carvalho. – Você não é quadrado, é? – indagou, quando o vigário explicou o uso delas. – Nós nunca nos dobramos. Se queremos repousar, deitamos sobre as flores.

– A cadeira – disse o vigário –, na verdade, sempre me intrigou. Ela data, creio eu, dos dias em que os pisos eram frios e imundos. Suponho que apenas mantivemos o hábito. Sentar em cadeiras tornou-se uma espécie de instinto nosso. De qualquer maneira, se eu vir alguma de minhas paroquianas e repentinamente me deitar no chão, não sei o que ela faria. Toda a paróquia saberia disso imediatamente. Por mais que pareça ser o método natural de descansar, reclinado… Gregos e romanos…

– O que é isso? – indagou o Anjo abruptamente.
– Um martim-pescador empalhado. Fui eu mesmo quem o matou.
– Matou?
– A tiros – explicou o vigário. – Com uma arma.
– A tiros? Como fez comigo?
– Mas eu não o matei. Por sorte.
– Matar deixa assim?
– De certa maneira.
– Céus! E você queria fazer o mesmo comigo? Dar-me olhos de vidro e colocar-me em um frasco cheio de coisas verdes e marrons horrorosas?
– Escute – começou o vigário –, eu mal entendi...
– Ele está "morreu"? – indagou o Anjo, bruscamente.
– Ele está morto; morreu.
– Pobre coitado. Eu preciso comer muito. Mas... você disse que o matou. Por quê?
– Veja bem – começou o vigário –, eu tenho interesse em pássaros e os... ãhã... coleciono. Eu queria o espécime...

O Anjo olhou para ele por um instante com um olhar confuso.

– Um belo pássaro como aquele! – exclamou, arrepiado. – Porque lhe deu vontade. Você queria o espécime! – pensou um minuto. – Você mata com frequência?

O HOMEM DA CIÊNCIA

13

O doutor Crump chegou. Grummet o encontrou a menos de cem metros do portão do vicariato. Era um homem gordo, corpulento, com rosto barbeado e queixo quadrado. Trajava um casaco cinza (ele sempre gostou da cor), com uma gravata xadrez preta e branca.

– Qual é o problema? – indagou, entrando e olhando sem nenhuma surpresa para o rosto radiante do Anjo.

– Este... cavalheiro – disse o vigário –, ou melhor, o Anjo – o Anjo se curvou – está sofrendo com um ferimento de tiro.

– Ferimento de tiro? – repetiu o doutor. – Em julho? Deixe-me ver onde é, senhor... Anjo, foi o que ouvi?

– Ele deverá ser capaz de atenuar sua dor – explicou o vigário. – Posso ajudá-lo a tirar o casaco?

O Anjo se virou, obedientemente.

– Espinha curvada? – resmungou o doutor Crump, de maneira bem audível, contornando o Anjo. – Não! Um crescimento anormal. Santo Deus! Que estranho! Curioso... Uma reduplicação dos membros superiores, coracoide bífida. É possível, certamente, mas nunca havia visto antes.

O Anjo suava nas mãos.

– Úmero, rádio e ulna. Todos presentes. Estou certo de que é congênito. O úmero foi quebrado. Curiosa simulação tegumentar de penas. Deus do céu! Quase aviária. Potencialmente interessante para anatomia comparada. Nunca vi uma coisa dessas! Como ocorreu este tiro, senhor Anjo?

O vigário ficou impressionado com a praticidade do médico.

– Nosso amigo – disse o Anjo, apontando com a cabeça para o vigário.

– Infelizmente, fui eu mesmo – explicou o vigário, aproximando-se. – Eu confundi o cavalheiro Anjo com um grande pássaro...

– Confundiu-o com um grande pássaro? O que mais? Preciso examinar seus olhos – continuou o doutor Crump. – Não é a primeira vez que lhe digo isso. – E seguiu apalpando o paciente com murmúrios e resmungos inarticulados. – Mas é uma excelente bandagem para um amador. Vou deixá-la aqui. Que má-formação curiosa! Não a acha inconveniente, senhor Anjo?

Repentinamente deu a volta para olhar o rosto do Anjo, que acreditou que ele se referia ao ferimento.

– Um pouco – disse.

– Se não fosse pelos ossos, eu recomendaria tintura de iodo à noite e pela manhã. Não há nada como o iodo. Você pode passá-lo até no rosto. Mas os problemas ósseos complicam bastante as coisas. Posso amputá-las com uma serra, logicamente. Mas não é algo que deva ser feito com pressa.

– Está falando das minhas asas? – perguntou o Anjo, alarmado.

– Asas? – reagiu o médico. – Hã? Não são asas?! Do que mais eu estaria falando?

– Serrá-las? – indignou-se o Anjo.

– Não acha melhor? Claro que a decisão é sua. Estou apenas avisando...

– Serrá-las? Mas você é uma criatura muito esquisita mesmo! – disse o Anjo, começando a rir.

– Como quiser – disse o médico, que detestava pessoas que riam. – São coisas muito curiosas – disse ele, voltando-se para o vigário. – Nunca ouvi falar de uma duplicação completa antes, ao menos entre animais. Em plantas é bastante comum. Você foi o único da família? – perguntou, sequer aguardando a resposta. – Casos de fissão parcial dos membros não são algo raro, vigário, crianças com seis dedos, bezerros com seis pernas, gatos com dedos duplos, entende? Posso ajudá-lo? – disse o médico ao Anjo, que lutava para vestir o casaco. – Mas uma reduplicação completa, tão aviária, também! Seria bem menos impressionante se nascessem simplesmente dois novos braços.

Ao terminar de se vestir, o Anjo olhou para o médico, que lhe retribuiu o olhar.

– De fato – este disse –, estamos começando a entender como nascem as belas lendas sobre os anjos. O senhor parece um tanto febril, senhor Anjo. O brilho excessivo é um sintoma quase pior do que a palidez excessiva. Curioso que seu nome seja Anjo. Vou lhe receitar uma bebida refrescante, caso sinta sede à noite... – Então fez anotações na manga da camisa.

O Anjo o observou, pensativo, com um sorriso iminente nos olhos.

– Um instante, doutor Crump – interrompeu o vigário, pegando o médico pelo braço e levando-o até a porta.

O sorriso do Anjo se iluminou. Olhou para as pernas cobertas de preto.

– O médico realmente acredita que eu sou humano! – disse o Anjo. – O que achou das asas me impressionou! Que criatura esquisita deve ser! Este é mesmo um sonho extraordinário.

14

– Você não entendeu – sussurrou o vigário. – O sujeito é um Anjo.

– O quê? – indagou o médico, com voz rápida e aguda. Em seguida ergueu as sobrancelhas e sorriu.

– O que me diz das asas?

– Bastante naturais... embora algo pareça anormal.

– Tem certeza de que são naturais?

– Meu caro amigo, não há nada no mundo que não seja natural. Se existe, então é natural. Se eu não pensasse assim, deveria largar tudo e entrar para a Ordem da Grande Cartuxa. Existem fenômenos sobrenaturais, é claro...

– A maneira como eu o encontrei... – contou o vigário.

– Pois não, diga-me onde o encontrou – pediu o médico, sentando-se à mesa do salão.

Hesitante, pois não era um bom contador de histórias, o vigário começou relatando os boatos de um estranho e enorme pássaro. Relatou tudo em frases confusas. Conhecendo o bispo como conhecia, e sabendo do rigor de sua ortodoxia, temia que seu linguajar empregado nos ritos religiosos se misturasse ao linguajar cotidiano, e, a cada três frases, o médico fazia um movimento com a cabeça, afastando os cantos da boca, como se marcasse as etapas da história, parecendo achar tudo normal.

– Auto-hipnose – murmurou.

– O que disse?

– Nada – disse o médico. – Prossiga. Isso é extremamente interessante.

O vigário contou que saiu armado.

– Após o almoço, foi o que disse? – interrompeu o médico.

– Imediatamente depois – completou o vigário.

– Você sabe que não deveria fazer isso, mas prossiga, por favor. – Do portão, viu o Anjo de relance. – Com o sol a pino – disse o médico, fazendo um parêntese. – Estava vinte e seis graus à sombra.

Quando o vigário terminou seu relato, o médico pressionou os lábios com força, mas esboçou um sorriso e encarou o vigário.

– Você não... – começou o vigário, hesitante.

O médico balançou a cabeça.

– Perdoe-me – disse, colocando a mão no braço do religioso. – Você sai, depois de um pesado almoço, em uma tarde quente. Talvez, estivesse quase trinta graus. Sua mente, ou o que resta dela, está dando voltas na esperança de caçar uma estranha ave. Eu digo "o que resta dela" porque a maior parte de sua energia estava aqui embaixo, digerindo a comida. Um homem que dormia entre as samambaias fica de pé e você dispara. E acontece o que aconteceu. Ele tem membros superiores duplicados, um par de estruturas muito semelhantes a asas. É certamente uma coincidência. Quanto às cores iridescentes e todo o resto... Você nunca viu manchas coloridas diante dos olhos em um dia de sol brilhante? Tem certeza de que estavam delimitadas às asas? Pense.

– Mas ele disse que era um Anjo! – insistiu o vigário, com os olhos arregalados e as mãos gorduchas nos bolsos.

– Ah! – disse o médico, com o olhar fixo no religioso. – Era o que eu imaginava. – Fez uma pausa.

– Mas você não acha... – começou o vigário.

– Aquele homem – disse o médico com a voz baixa e séria – é um matoide.

– Um o quê? – indagou o vigário.

– Um matoide. Um desequilibrado. Percebeu a delicadeza afeminada de seu rosto? Sua tendência de rir sem motivo? Seu cabelo desgrenhado? Sem falar na maneira como se veste...

A mão do vigário subiu até o queixo.

– Sinais de fraqueza mental – explicou o médico. – Muitos desses degenerados mostram a mesma disposição para assumir uma imensidão de personalidades diferentes. Um pode se apresentar como o príncipe de Gales, outro como o Arcanjo Gabriel ou alguma outra divindade. Ibsen pensa que é um Grande Mestre, e Maeterlink, um novo Shakespeare. Tenho lido tudo sobre o assunto em Nordau. Não há dúvidas de que essa grave deformidade acendeu nele uma ideia...

– Mas, na verdade... – começou o vigário.

– Tenho certeza de que escapou de um manicômio.

– Eu não aceito de maneira alguma que...

– Vai aceitar. Em todo caso, temos a polícia e, se esta falhar, faremos o anúncio. Porém, é óbvio que a família dele pode querer abafar o assunto. É algo muito triste para os familiares...

– Ele parece tão...

– É provável que vai ouvir falar dos amigos dele qualquer dia ou algo parecido – disse o médico, procurando o relógio de bolso. – Creio que não deve morar longe daqui. E parece que não é capaz de ferir ninguém. Volto amanhã para examinar aquela asa. – Com isso deixou a mesa e se levantou. – Aquelas histórias das velhinhas ainda o impressionam – continuou, dando um tapinha no ombro do vigário. – Mas um anjo, por favor! Ah, ah!

– Eu cheguei mesmo a crer... – disse o vigário, hesitante.

– Analise as evidências – disse o médico, ainda procurando o relógio. – Analise as evidências com nossos instrumentos de precisão. O que lhe resta? Manchas coloridas, borrões inacreditáveis, moscas volantes.

– Mesmo assim – disse o vigário –, eu seria capaz de jurar que as asas dele tinham mesmo toda essa glória...

– Pense bem... – replicou o médico, já com o relógio nas mãos – Uma tarde quente, sol a pino, sua cabeça fervendo... Agora, preciso mesmo ir. São quase cinco da tarde. Volto amanhã para ver o seu... ah, ah, *anjo*, se ninguém vier pegá-lo nesse meio-tempo. Sua bandagem foi de fato muito boa. Permita-me ficar orgulhoso. Nossas aulas de primeiros socorros foram mesmo um sucesso. Boa tarde!

O COADJUTOR

15

O vigário abriu a porta quase mecanicamente para o doutor Crump sair e viu Mendham, seu coadjutor, subindo pelo caminho pontilhado de ervilhacas e filipêndulas. Imediatamente, seus olhos se arregalaram e a mão veio ao queixo. E se ele se enganou? O médico passou pelo coadjutor, saudando-o com um toque na aba do chapéu. Crump era um sujeito extraordinariamente esperto, acreditava o vigário, e sabia mais sobre o que se passava na mente de uma pessoa do que ela própria. O vigário sentiu isso de forma muito aguda, o que tornava muito difíceis as explicações que se seguiriam. Imagine se voltasse à sala de visitas e encontrasse um vagabundo dormindo sobre o tapete da lareira?

Mendham era um homem cadavérico com uma magnífica barba, a qual parecia ter crescido como a mostarda brota da semente. Mas, quando falava, descobria-se que também tinha voz.

– Minha esposa chegou em um estado lastimável – gritou já de longe.

– Entre – disse o vigário. – Aconteceu algo impressionante. Venha até o meu escritório. Eu lamento muitíssimo, mas, quando eu explicar tudo...

– E se desculpar, espero eu – gritou o coadjutor.

– E me desculpar. Não, por aí, não. Por aqui. No escritório.

– Diga, que mulher era aquela? – indagou o coadjutor, virando-se para o vigário quando este fechava a porta.

– Que mulher?

– Ah!

– Mas, é verdade...

– A criatura retratada em trajes ínfimos, ofensivamente ínfimos, para ser franco, com quem passeava pelo jardim.

– Meu caro Mendham... Trata-se de um Anjo!

– Um Anjo muito, muito belo?

– O mundo está ficando muito objetivo – lamentou o vigário.

– O mundo – rosnou o coadjutor – torna-se mais estranho a cada dia que passa. Mas, um homem na sua posição, descaradamente, abertamente...

– Com mil demônios! – explodiu o vigário, que raramente blasfemava. – Escute, Mendham, você realmente entendeu errado. Eu lhe garanto...

– Muito bem – disse o coadjutor. – Explique! – ficou de pé, com as pernas afastadas e os braços cruzados, com sua longa barba, olhando, desconfiado, para o vigário.

(Repito que sempre considerei as explicações como as falácias mais características desta era científica.)

O vigário olhou para ele, indefeso. O mundo se tornou algo sem luz e sem vida. Teria sonhado durante toda a tarde? Havia mesmo um anjo de verdade na sala de visitas? Ou era vítima de uma complexa alucinação?

– Pois não? – incitou Mendham, ao fim de um minuto.

A mão do vigário tremia em contato com o queixo.

– É uma história um tanto difícil de acreditar – disse.

– Não tenha dúvida – reagiu Mendham, sério.

O vigário conteve um gesto de impaciência.

– Eu saí em busca de um estranho pássaro na tarde de hoje... Acredita em anjos, Mendham, em anjos de verdade?

– Não vim aqui para discutir teologia. Vim como o esposo de uma mulher insultada.

– Mas o que estou dizendo não é figura de linguagem. Estou falando de um anjo de verdade, com asas. Está na sala ao lado. Se não me entende, então...

– Por favor, Hilyer...

– O que estou dizendo é verdade, Mendham. Juro que é – a voz do vigário se tornou mais inflamada. – Que pecado eu cometi ao dar de comer, beber e vestir a um visitante angelical? O que eu sei é que, por mais inconveniente que possa parecer, e certamente o é, eu tenho um anjo na minha sala de visitas, vestido com minha roupa nova e terminando de tomar seu chá. Ele vai ficar comigo o tempo que quiser, a convite meu. Não há dúvidas de que me apressei, mas entenda que não posso expulsá-lo por causa da senhora Mendham. Eu posso ser um fraco, mas ainda sou um cavalheiro.

– Por favor, Hilyer...

– Eu lhe garanto que é verdade. – Havia um tom de desespero na voz do vigário. – Eu atirei nele, acreditando que era um flamingo, e o atingi na asa.

– Juro que acreditei se tratar de um caso para o bispo. Mas vejo que é um caso para a Direção de Manicômios.

– Venha vê-lo, Mendham!

– Mas anjos não existem.

– Há maneiras diferentes de se ensinar alguém – disse o vigário.

– Não existem em corpo físico – replicou o coadjutor.

– Então venha e veja!

– Eu não quero ver suas alucinações – afirmou Mendham.

– Não tenho como explicar nada sem que o veja – disse o vigário. – Um homem que é mais parecido com um anjo do que qualquer criatura do céu ou da terra. Veja, se quer compreender.

– Não quero compreender coisa alguma – disse o coadjutor. – Nem fazer parte de embuste algum. Francamente, Hilyer, se isto não é um engano, diga-me você mesmo... Mas um flamingo?

16

O Anjo havia terminado seu chá e estava de pé, pensativo, olhando pela janela. Viu a velha igreja no fim do vale, iluminada pela luz do sol poente, e achou-a linda, mas não compreendeu as fileiras de lápides na encosta logo atrás. Ele se voltou para a porta quando Mendham entrou, acompanhado pelo vigário.

Mendham sempre se dispunha a ralhar com o vigário como fazia com seus paroquianos, mas não o faria com um estranho. Olhou para o Anjo, e a teoria da "mulher estranha" foi descartada. A beleza do Anjo era evidentemente a beleza da juventude.

– O senhor Hilyer me contou – começou Mendham, quase em tom de desculpas – que você, curiosamente, diz ser um Anjo.

– Ele é um Anjo – insistiu o vigário.

O Anjo se curvou.

– Naturalmente, ficamos curiosos – disse Mendham.

– Claro! – antecipou-se o Anjo. – As formas escuras.

– Como? – indagou Mendham.

– As formas escuras – explicou o Anjo. – E a falta de asas.

– Precisamente – disse Mendham, completamente atordoado. – É óbvio que estamos curiosos para saber como veio parar em nosso vilarejo em trajes tão peculiares.

O Anjo olhou para o vigário, que levou a mão ao queixo.

– Escute... – começou o vigário.

– Deixe que ele explique – interrompeu Mendham.

– Eu ia sugerir... – continuou o vigário.

– Não quero suas sugestões.

– Com mil demônios! – blasfemou novamente o vigário.

O Anjo olhou para cada um deles.

– Quantas rugas em suas expressões! – surpreendeu-se.

– Escute, senhor... não sei seu nome – disse Mendham, com cada vez menos suavidade nos modos. – Ocorre que minha esposa, ou melhor, quatro senhoras estavam jogando tênis, quando você surgiu, em meio às azaleias, em um traje bastante pequeno. Ao lado do senhor Hilyer.

– Mas eu... – disse o vigário.

– Eu sei. O traje desse senhor era realmente bastante pequeno. Naturalmente, e esta é minha posição de fato, eu exijo uma explicação. – Sua voz ficava cada vez mais alta. – Eu exijo uma explicação!

O Anjo esboçou um sorriso ao perceber seu tom raivoso e sua atitude determinada, com os braços cruzados.

– Eu sou muito novo neste mundo – começou o Anjo.

– Você deve ter pelo menos 19 anos – disse Mendham. – Idade suficiente para compreender muito bem. Essa é uma péssima desculpa.

– Posso lhe fazer uma pergunta antes? – questionou o Anjo.

– Muito bem.

– O senhor acredita que sou um homem como você? Como pensou o homem de gravata xadrez?

– Se não é um homem...

– Mais uma pergunta. Nunca ouviu falar de anjos?

– Não venha com essas histórias para cima de mim – disse Mendham, de volta à sua típica rispidez.

O vigário o interrompeu:

– Mas, Mendham, ele tem asas!

– Por favor, deixe que eu falo com ele – respondeu Mendham.

– Você é tão exótico. Interrompe tudo o que tenho a dizer – reagiu o Anjo.

– Mas o que você tem a dizer? – indagou Mendham.

– Que eu sou verdadeiramente um anjo...

– Raios!

– Veja só você!

– Mas, diga-me sinceramente: como você foi parar em um arbusto do vicariato de Siddermorton? E na companhia do vigário? Por que não deixa de lado essa história ridícula?

O Anjo encolheu as asas.

– O que há de errado com este homem? – ele perguntou ao vigário.

– Meu caro Mendham – disse o vigário –, permita-me algumas palavras...

– Minha pergunta foi bastante clara!

– Mas você não vai me dar a resposta que espera que eu dê, e eu não ganho nada lhe dando outra resposta.

– Raios! – voltou a blasfemar o coadjutor. Então, virando-se bruscamente para o vigário, perguntou: – De onde ele vem?

– Ele diz ser um Anjo! – respondeu o vigário. – Por que não lhe dá ouvidos?

A essa altura, o vigário estava imerso em dúvidas.

– Anjos não alarmariam quatro senhoras...

– Quer dizer que esse é o motivo de toda a conversa? – indagou o Anjo.

– Já me parece o bastante!

– Eu lamento muito ter alarmado as senhoras.

– É bom que lamente. Mas percebo que nada virá de vocês dois. – Mendham foi em direção à porta. – Eu estou convencido de que há algo inconfessável por trás desse assunto. Por que não me contam uma história razoável? Vocês só me confundem, sinceramente! Em uma época com tanta luz sobre os fatos, não entendo por que vocês contariam esta história fantástica e improvável de um Anjo. Que benefícios vocês poderiam ter?

– Mas veja as asas dele! – disse o vigário. – Eu lhe garanto que ele possui asas!

Mendham já segurava a maçaneta para sair.

– Eu já vi o suficiente – disse. – Pode ser uma tentativa tola de nos enganar, Hilyer.

– Mas, Mendham! – exaltou-se o vigário.

O coadjutor parou à porta e olhou para o vigário por cima do ombro. As opiniões acumuladas em meses ganharam vazão.

– Hilyer, eu não compreendo por que ainda está na Igreja. Juro que não compreendo. O mundo está repleto de movimentos sociais, econômicos, revoluções feministas, de costumes, de religiões, socialismo, individualismo, todas as grandes questões do momento! Claramente, nós, que seguimos a Grande Reforma... Mas você continua aqui, empalhando pássaros e assustando senhoras com seu grosseiro desrespeito...

– Mas, Mendham... – interrompeu o vigário.

O coadjutor não lhe deu ouvidos.

– Você envergonha os fiéis com sua leviandade... Mas esse é só o começo de uma investigação – disse ele, com um tom ameaçador na voz potente, e deixou a sala abruptamente, batendo a porta com força.

17

– Todos os homens são estranhos assim? – indagou o Anjo.

– Eu estou em uma posição muito difícil – disse o vigário. – Entenda – disse ele, com a mão no queixo, em busca de alguma ideia.

– Começo a entender – comentou o Anjo.

– Ninguém vai acreditar.

– Isso eu entendi.

– Vão achar que sou um mentiroso.

– E daí?

– Isso será extremamente doloroso para mim.

– Doloroso... dor – reagiu o Anjo. – Espero que não.

O vigário balançou a cabeça. A boa reputação que tinha no vilarejo era o que dava graça à sua vida.

– Escute – disse ele –, seria muito mais plausível se você se apresentasse como um homem normal.

– Mas eu não sou – disse o Anjo.

– Não, você não é. E isso é péssimo – afirmou o vigário. – Ninguém aqui jamais viu um Anjo, nem mesmo ouviu falar de um, a não ser na igreja. Se você tivesse se apresentado na capela, no domingo, seria diferente, mas agora é tarde demais... Com mil demônios! Ninguém, absolutamente ninguém, vai acreditar em você.

– Espero não estar sendo um inconveniente.

– Não, claro que não. Apenas... Pode ser inconveniente contar uma história inacreditável demais. Se eu puder sugerir algo...

– Como?

– Sabe, as pessoas do mundo, como seres humanos normais, quase que certamente o tomarão por um homem. Se você disser que não é, elas simplesmente dirão que você não está falando a verdade. Apenas pessoas excepcionais apreciam aquilo que é excepcional. "Quando em Roma, faça como os romanos." Você verá que é melhor...

– Propõe que eu minta, dizendo ter me tornado um homem?

– Que bom que compreendeu minha intenção de imediato.

O Anjo olhou para o perplexo vigário e pensou.

– É possível, afinal, que eu me torne um homem – disse, lentamente. – Talvez eu tenha me precipitado ao dizer que não era. Você diz que não há anjos neste mundo. Quem sou eu para me opor à sua experiência? Não estou aqui há um dia sequer, em um mundo tão longevo. Se você diz que aqui não há anjos, certamente eu sou outra coisa. Eu como, coisa que anjos não fazem. Talvez eu já tenha me tornado um homem.

– Uma visão conveniente, de qualquer maneira – reagiu o vigário.

– Se for conveniente para você...

– Sim, é. E também para explicar sua presença aqui. – Após refletir um momento, o vigário prosseguiu: – Se, por exemplo, você fosse um homem comum muito afeito a caminhadas, viesse andando até Sidder, tivesse suas roupas roubadas, e eu o encontrasse nesse momento, essa explicação bastaria à senhora Mendham, e nós teríamos eliminado o elemento sobrenatural. Há um certo sentimento contrário ao sobrenatural nos dias de hoje, mesmo no altar. Você mal acreditaria...

– É uma pena que não tenha sido assim – comentou o Anjo.

– Claro – disse o vigário. – É uma pena que não tenha sido assim. Mas, de qualquer modo, eu ficaria muito grato se me fizesse o favor de não impor sua natureza angelical. Na verdade, todos ficariam agradecidos. Há uma opinião formada de que anjos não fazem esse tipo de coisa. E nada é mais doloroso, posso lhe dar meu testemunho, do que quando uma opinião formada cai por terra... Opiniões formadas são engrenagens mentais em mais de um aspecto. Da minha parte – o vigário cobriu os olhos por um instante –, não posso deixar de acreditar que é um anjo... Obviamente, eu acredito no que vejo.

– Nós sempre fazemos isso.

– Nós também, dentro de certos limites.

O relógio acima da cornija badalou sete vezes, e, quase simultaneamente, a senhora Hinijer anunciou o jantar.

APÓS O JANTAR

18

O Anjo e o vigário sentaram-se para jantar. Com o guardanapo ao redor do pescoço, o vigário observou o Anjo se atrapalhar com a sopa.

– Logo você vai aprender – disse o vigário.

A faca e o garfo foram manuseados desajeitadamente, mas com sucesso. O Anjo olhou furtivamente para Delia, a pequena criada. Quando começaram a descascar nozes, o que divertiu o Anjo, e a garota se retirou, este perguntou:

– Ela também é uma dama?

– Bem – disse o vigário (*crack*) –, ela não é uma dama. É uma criada.

– Sim – reagiu o Anjo –, ela tem formas mais bonitas.

– Jamais diga isso à senhora Mendham – pediu o vigário, plenamente satisfeito.

– Ela não é tão larga nos ombros e nos quadris, e é mais proporcional. A cor dos seus trajes não é tão berrante, apenas neutra. E o rosto...

– A senhora Mendham e suas filhas estavam jogando tênis – disse o vigário, sentindo que não deveria ouvir detração nem de seu inimigo mortal.

– Gostou das nozes?

– Sim – respondeu o Anjo (*crack*).

– Escute, da minha parte, acredito inteiramente que você é um anjo – disse o vigário (*chomp, chomp, chomp*).

– Sim! – respondeu o Anjo.

– Eu o alvejei, vi você se debater. É indiscutível. Admito que isso é curioso e que vai contra o meu modo de pensar, mas estou completamente convencido de que o que vi é verdadeiro. Mas, depois do comportamento dessas pessoas (*crack*), realmente não sei como vamos persuadi-las. Atualmente todos são muito atentos às evidências. Por isso, acho que há muito a dizer pela atitude que você assumir. Ao menos temporariamente, acho que seria melhor você agir e se comportar do modo mais semelhante possível a um humano. Claro que não há como sabermos como ou quando você vai voltar. Depois do que aconteceu – *glub, glub, glub*, o vigário encheu o copo novamente –, eu não me surpreenderia se uma dessas paredes caísse e surgissem hostes celestiais para levá-lo de volta, ou mesmo a nós dois. Você expandiu a minha imaginação. Todos esses anos, eu me esqueci do País das Maravilhas, mas o mais sensato seria contar às pessoas com prudência.

– Essa sua vida... – disse o Anjo – eu ainda não sei nada sobre ela. Como foi que começou?

– Céus! – reagiu o vigário. – Que coisa complicada de explicar! Por aqui, começamos a existir como bebês, criaturinhas rosadas e indefesas enroladas em panos brancos, com olhos protuberantes, que choram desesperadamente na pia de batismo. Esses bebês então crescem e chegam a ser belos, quando não estão com o rosto muito sujo. E continuam a crescer até adquirir um certo tamanho. Depois tornam-se crianças, meninos e meninas, rapazes e donzelas (*crack*), moços e moças. É o melhor período da vida, de acordo com muitos, certamente o mais bonito. Cheio de esperanças e sonhos, emoções vagas e perigos inesperados.

– Aquela era uma donzela? – indagou o Anjo, apontando para a porta por onde Delia desaparecera.

– Sim – respondeu o vigário. – Trata-se de uma donzela – e se calou, pensativo.

– E depois?

– Depois – disse o vigário –, o encanto vai se apagando e a vida começa de verdade. Os jovens, homens e mulheres, geralmente se unem em casais. Eles vêm a mim tímidos e envergonhados, em terríveis trajes formais, e eu os caso. Depois, eles têm seus pequenos bebês rosados, e alguns desses jovens e donzelas de outrora se tornam gordos e vulgares, outros magros e ranzinzas, suas belas feições se vão e eles assumem um estranho e ilusório sentimento de superioridade em relação aos mais jovens, e todo o prazer e a glória deixam suas vidas. Então, eles passam a chamar o prazer e a glória dos mais jovens de "ilusão". E assim começam a envelhecer.

– Envelhecer! – exclamou o Anjo. – Que grotesco!

– Seus cabelos caem, perdem a cor ou se tornam grisalhos – disse o vigário. – Veja o meu, por exemplo. – Inclinou a cabeça para a frente e mostrou uma clareira brilhante no topo da cabeça. – E os dentes começam a cair. O rosto se torna enrugado como uma maçã seca. Você descreveu o meu como enrugado. Então passam a se importar mais com o que comem e bebem, e menos com os outros prazeres da vida. Suas articulações se tornam fracas, o coração perde o vigor, pedaços do pulmão se desprendem ao tossir. A dor...

– Ah! – exclamou o Anjo.

– A dor chega às suas vidas cada vez mais intensamente. E, então, eles partem. Não que gostem de deixar esta vida, mas têm de fazê-lo, mesmo que relutantemente, agarrados à dor, na ânsia de permanecerem...

– E para onde eles vão?

– Já achei que tivesse essa resposta. Mas, agora, mais velho, só sei que nada sei. Temos uma lenda, que talvez não seja lenda. Alguém pode ser um homem da igreja e não acreditar. Stokes diz que não há problema nisso.

O vigário apontou para uma fruteira com bananas.

– E você? – indagou o Anjo. – Também foi um bebê rosado?

– Sim, há algum tempo atrás, eu também fui um bebê rosado.

– Vestia-se como hoje?

– Ah, não! Que ideia estranha! Creio que usava longos camisolões brancos, como os demais bebês.

– E depois você foi um garotinho?

– Um garotinho.

– E um jovem glorioso?

– Receio que não muito glorioso. Eu vivia doente, era retraído e pobre demais para ser radiante. Estudei muito e me debrucei sobre os pensamentos tortuosos de homens mortos há muito. Assim perdi a glória, não me veio donzela alguma, e a vida perdeu o brilho cedo demais.

– Você teve seus bebês rosados?

– Não, nenhum – respondeu o vigário, com uma pausa quase imperceptível. – Como você pode ver, eu já começo a envelhecer. Minha coluna arqueia como uma flor murcha. Em alguns milhares de dias, minha hora vai chegar e eu deixarei este mundo... O que virá depois, eu não sei.

– E você precisa comer todos os dias?

– Comer, me vestir e me abrigar sobre este teto. Há coisas muito desagradáveis neste mundo chamadas "frio" e "chuva". As pessoas aqui, e a explicação para isso é muito longa, fizeram de mim uma espécie de refrão para a vida delas. Elas trazem seus bebês rosados até mim e eu tenho de dizer seus nomes e outras palavras para cada novo bebê. Quando crescem, rapazes e moças voltam para receber a confirmação desses ritos. Você logo vai entender. Antes de formarem casais e terem seus bebês, eles têm de voltar e ouvir as leituras que faço de um livro. Se não fizerem isso, serão proscritos, e nenhuma donzela poderá falar com aquela que teve um bebê, sem que eu leia para ela por vinte minutos. É algo necessário, como você vai ver, por mais estranho que lhe pareça. Mais tarde, quando envelhecerem, eu tento convencê-los de um mundo estranho em que eu mesmo mal acredito, onde a vida é completamente diferente da que eles tiveram ou almejam. No fim, eu os enterro e leio meu livro para os que, em breve, seguirão para esse mesmo território desconhecido. Eu estou presente no alvorecer, no zênite e no ocaso de suas vidas. E, a cada sétimo dia, eu, que não passo de um homem e não vejo além do que eles veem, lhes falo sobre uma vida vindoura, sobre a qual nada sabemos. Se é que tal vida existe. E lentamente eu também envelheço, em meio às minhas profecias.

– Que vida estranha! – reagiu o Anjo.

— Sim — disse o vigário. — Essa vida, suas necessidades mesquinhas, seus prazeres temporários (*crack*) que cercam nossas almas. Enquanto eu prego para essas pessoas sobre uma outra vida, alguns satisfazem seus apetites comendo doces, outros, os velhos, cochilam, os rapazes lançam olhares para as donzelas, os adultos exibem coletes elegantes, correntes de ouro, pompa e vaidade, suas esposas ostentam chapéus exuberantes para rivalizar com as demais. E eu sigo lendo monotonamente sobre coisas que não foram vistas nem experimentadas: "O olho nunca viu", eu leio, "nem ouvido algum percebeu ou entrou na imaginação do homem para perceber". Quando levanto o olhar, me deparo com um homem adulto imortal admirando como lhe cai um par de luvas baratas. Cada ano é mais desalentador. Na minha juventude, quando eu ficava doente, eu tinha essa espécie de visão que, sob esse mundo ilusório e temporário, havia o mundo real, o mundo da vida eterna. Mas agora... — Olhou para sua pálida e rechonchuda mão, tocando a base da taça. — Eu ganhei bastante peso, desde então. — Fez uma pausa. — Eu cresci e mudei, e a batalha entre carne e espírito não me atormenta mais como antes. A cada dia, confio menos em minhas crenças e mais em Deus. Receio que eu leve uma vida pacata, cumpro com meus afazeres, pratico um pouco de ornitologia, xadrez, alguns passatempos matemáticos. Meu tempo está nas mãos de Deus...

Então suspirou e ficou pensativo. O Anjo o observou, com o olhar perturbado diante da perplexidade provocada pelo vigário. *Glub, glub, glub*, fez o decantador enquanto o vigário enchia o copo mais uma vez.

19

Assim foi o jantar e a conversa do Anjo com o vigário. A noite chegou e a criatura foi tomada por bocejos.

— Aaaaah! Oh! — exclamou o Anjo, espantado. — Céus! Uma força superior pareceu abrir minha boca, forçando um grande sopro para dentro da minha garganta.

— Você bocejou — disse o vigário. — Não se boceja em seu mundo angelical?

– Jamais – disse o Anjo.
– E ainda assim são imortais! Presumo que queira dormir.
– Dormir? – indagou o Anjo. – Como faço isso?

O vigário lhe explicou sobre a noite e a arte de dormir. (Aparentemente, os anjos dormem apenas para sonhar, como os homens primitivos, com a testa nos joelhos. E o fazem entre campos de papoulas brancas, durante o dia.) O Anjo achou a disposição do quarto de dormir bastante singular.

– Por que todos os móveis têm pernas de madeira? – perguntou. – Vocês têm o assoalho e ainda assim colocam tudo sobre quatro pés de madeira. Por que fazem isso?

O vigário tentou esclarecer com uma imprecisão filosófica. O Anjo queimou o dedo em uma vela e mostrou desconhecer completamente os princípios elementares da combustão. Ficou encantado quando uma pequena labareda subiu pela cortina. O vigário teve de lhe dar uma longa lição sobre o fogo assim que a chama foi apagada. Ele tinha todo tipo de explicação a dar, inclusive sobre o sabão. Levou quase uma hora até que o Anjo estivesse acomodado para dormir.

– Ele é muito bonito – disse o vigário, descendo, exausto, as escadas –, e não há dúvida de que se trata de um anjo. Mas receio que provoque muita ansiedade em todos até que entenda nossa maneira de lidar com as coisas por aqui.

Parecendo um tanto preocupado, serviu-se de mais uma taça de xerez, antes de guardar a garrafa no aparador.

20

Diante do espelho, o coadjutor retirou solenemente o colarinho.

– Jamais ouvi algo tão inacreditável – disse a senhora Mendham, sentada na poltrona. – Tem certeza de que esse homem não está louco?

– Perfeitamente, querida. Eu lhe contei toda a conversa, todos os incidentes...

– Bem... – disse ela, abrindo os braços. – Não faz nenhum sentido!

– Exatamente, querida.

– O vigário deve ter enlouquecido – concluiu ela.

– Esse corcundinha é certamente uma das criaturas mais estranhas que já vi na vida. Parece de outro país, tem rosto iluminado e cabelos castanhos tão longos como se não fossem cortados há meses! – colocou as abotoaduras cuidadosamente sobre a penteadeira. – Um olhar fixo e um sorriso idiota. Parece tonto, afeminado.

– Afinal, quem ele será? – ela indagou.

– Não faço ideia, querida. Nem de onde veio. Pode ser algum corista ou coisa do tipo.

– Mas o que estaria fazendo nos arbustos e naquelas vestes pavorosas?

– Não sei. O vigário não me deu nenhuma explicação, apenas disse: "Mendham, ele é um Anjo".

– Será que ele tem problemas com bebida? Eles poderiam estar se banhando no riacho, é claro – refletiu a senhora Mendham. – Mas não os vi carregando nenhuma outra roupa.

O coadjutor se sentou na cama e desamarrou as botas.

– A mim, parece um perfeito mistério, querida. (*Flic, flic*, fizeram os cadarços.) Alucinação é a única possibilidade que presta...

– George, você tem certeza de que não era uma mulher?

– Absoluta – respondeu o coadjutor.

– Sei bem como são os homens.

– Trata-se de um jovem de uns 19 ou 20 anos – afirmou o coadjutor.

– Não compreendo – disse a senhora Mendham. – Você disse que a criatura está hospedada no vicariato?

– O Hilyer simplesmente enlouqueceu – disse o coadjutor, levantando-se e andando até a porta, para deixar as botas no corredor. – A julgar pelo comportamento dele, você realmente pensaria que ele acreditou que o corcunda era um Anjo. Seus sapatos estão lá fora, querida?

– Estão ao lado do guarda-roupa – respondeu ela. – Ele sempre foi um tanto estranho, você sabe disso. Sempre houve algo infantil nele... Um Anjo!

O coadjutor parou perto da lareira e tirou os suspensórios. A senhora Mendham gostava de acender a lareira, mesmo no verão.

– Ele foge de todos os problemas sérios da vida e sempre está envolvido com uma nova bobagem – disse o coadjutor. – Agora, um Anjo?! – gargalhou. – O Hilyer deve ter enlouquecido.

A senhora Mendham também riu.

– Mas nem isso explica o corcunda – ressaltou.

– O corcunda deve ser louco também – supôs o coadjutor.

– É a única maneira de explicar a situação com alguma sensatez – disse a senhora Mendham. Em seguida, fez uma pausa e prosseguiu: – Anjo ou não, eu sei o que me cabe. Mesmo supondo que o homem acredita que está na companhia de um anjo, isso não é motivo para não se comportar como um cavalheiro.

– É a mais pura verdade.

– Imagino que vá escrever ao bispo, não?

Mendham tossiu.

– Não, não vou escrever ao bispo. Creio que seja um tanto desleal... E ele ignorou minha última carta.

– Mas é uma evidente...

– Vou escrever para Austin. Confidencialmente. Com certeza ele contará ao bispo, como você sabe. Lembre-se, querida...

– Sim, Hilyer pode demitir você, é o que estava prestes a dizer. Querido, esse homem é fraco demais! Eu deveria ter alguma voz nesse assunto. Além do mais, você faz todo o trabalho dele. Somos nós que praticamente cuidamos da paróquia. Não sei o que seria dos pobres deste lugar se não fosse por mim. Amanhã mesmo estariam buscando alojamento no vicariato. E tem aquela Goody Ansell...

– Eu sei, meu bem! – disse o coadjutor, virando-se para terminar de se despir. – Você me falou dela esta tarde.

21

E assim, no pequeno quarto sobre o escritório, chegamos ao primeiro ponto de descanso desta história. E, como fomos rígidos com ela, espalhando a narrativa diante de você, leitor, talvez seja bom recapitularmos um pouco.

Olhando em retrospectiva, veja quanta coisa aconteceu. Começamos com um brilho "interrompido por clarões curvos como espadas em movimento", o som de harpas poderosas e o advento de um Anjo com asas policromáticas.

Rapidamente, você há de admitir que as asas foram presas, a auréola se apagou, a glória foi enfurnada em um paletó e um par de calças, e o Anjo virou, para todos os propósitos, um Anjo, sob a suspeita de parecer um lunático ou um impostor. Você também ouviu, ou ao menos é capaz de analisar, o que o vigário, o médico e a esposa do coadjutor acharam da estranha chegada. Opiniões ainda mais marcantes virão a seguir.

O brilho do pôr do sol a Noroeste se torna noite e o Anjo dorme, sonhando com o mundo maravilhoso onde é sempre claro, todos são felizes, o fogo não queima e o gelo não causa frio, e riachos de luz estelar correm por campos de amarantos até os mares da paz. Ele sonha e lhe parece que as asas voltaram a brilhar, multicoloridas, iluminando o ar cristalino do lugar de onde veio.

Ele sonha. Mas o vigário ainda está acordado, perplexo demais para sonhar. Está preocupado principalmente com o que pode fazer a senhora Mendham; mas a conversa ao fim do dia abriu novas perspectivas em sua mente, e ele é estimulado pela sensação de que existe algo apenas vagamente vislumbrado, graças à visão de um País das Maravilhas próximo ao seu próprio mundo. Por vinte anos, ele cuidou daquele vilarejo e viveu seu cotidiano, baseado em seu credo familiar, nas exigências práticas da vida, contra qualquer sonho místico. Agora, porém, além do familiar incômodo com a vizinha intrometida, havia uma sensação completamente inédita de coisas novas e estranhas.

Havia algo de mal agouro nessa sensação. Em um momento, inclusive, chegou a passar por cima de todas as considerações, e, com uma espécie de pânico, levantou-se da cama, batendo as canelas de maneira bastante convincente, até que finalmente encontrou os fósforos e acendeu uma vela para garantir que estava mesmo na realidade de seu mundo de sempre.

Mas, dentre todos, o maior de seus problemas era a avalanche que vinha dos Mendham. A língua da senhora Mendham parecia estar sobre ele como a espada de Dâmocles. O que ela não diria sobre esse assunto até que sua imaginação indignada viesse a descansar?

Enquanto o homem que capturou o Estranho Pássaro tinha problemas para dormir, Gully de Sidderton estava cuidadosamente descarregando sua arma depois de um cansativo dia de caça infrutífera, e Sandy Bright estava de joelhos, rezando, com a janela muito bem fechada. Annie Durgan dormia profundamente com a boca aberta, e a mãe de Amory sonhava com a limpeza, ambas há muito cansadas do assunto do ruído e do clarão. Lumpy Durgan, sentado na cama, cantarolava trechos de uma música e tentava escutar um som que certa vez ouvira e que gostaria de reproduzi--lo novamente. Quanto ao assistente do advogado em Iping Hanger, ele tentava escrever uma poesia sobre uma jovem confeiteira em Portburdock, e o Estranho Pássaro não fazia parte de seus pensamentos. Mas o lavrador que o viu em Siddermorton tinha um olho roxo. Essa era apenas uma das sequelas mais palpáveis da pequena discussão sobre as pernas do pássaro na taberna "A Barca". Vale a pena mencionar esse fato, pois é uma das únicas vezes em que um Anjo causou algo parecido.

AMANHECE

22

Quando o vigário foi chamar o Anjo, encontrou-o vestido e inclinado para fora da janela. Era uma manhã esplendorosa, ainda úmida de orvalho, e a luz do sol nascente atingia a lateral da casa, aquecendo e iluminando a encosta do morro. Os pássaros estavam agitados nas sebes e arbustos. Morro acima, um camponês passava o arado lentamente. O queixo do Anjo repousava sobre as mãos, e ele não se virou com a aproximação do vigário.

– Como está sua asa? – perguntou o vigário.

– Eu até já me esqueci dela – respondeu o Anjo. – Aquele lá é um homem?

O vigário olhou e respondeu.

– Sim, é um lavrador.

– Por que ele vai e vem daquela maneira? Isso o diverte?

– Ele está arando. Seu trabalho é esse.

– Por que o faz? Parece-me um tanto monótono.

– De fato. Mas ele precisa sobreviver, entende? Obter comida e tudo o mais.

– Que curioso! – exclamou o Anjo. – Todos os homens precisam fazer isso? E você?

– Ah, não. Ele faz por mim, cumpre a minha parte.

– Por quê? – indagou o Anjo.

– Em troca das coisas que eu faço por ele. Nós dividimos o trabalho neste mundo. Trocar não é roubar.

– Entendi – disse o Anjo, com os olhos nos pesados movimentos do lavrador.

– O que você faz por ele?

– Parece uma pergunta fácil para você – disse o vigário –, mas é difícil explicar. Nossos arranjos sociais são bastante complicados. É impossível esclarecer tudo assim, antes do café da manhã. Não sente fome?

– Eu creio que sim – respondeu o Anjo, ainda à janela. De repente, acrescentou: – De certa forma, não consigo parar de pensar que cuidar do arado deve ser algo muito longe de ser agradável.

– É possível – disse o vigário –, bastante possível. Mas o café está servido. Não vai descer?

O Anjo deixou a janela, um tanto relutante.

– Nossa sociedade – explicou o vigário enquanto descia as escadas – é uma organização bastante complicada.

– Ah, é?

– E está organizada de modo que uns fazem certas coisas e outros fazem outras.

– E aquele homem velho e curvado vai ficar empurrando aquela peça de ferro pesada puxada por cavalos enquanto nós sentamos para comer?

– Sim. Você verá como é perfeitamente justo. Ah! Cogumelos e ovos *poché*! É o sistema social. Sente-se, por favor. Isso lhe parece injusto?

– Estou confuso – respondeu o Anjo.

– A bebida que estou lhe servindo é café – disse o vigário. – Entendo sua confusão. Quando eu era jovem, fiquei tão confuso quanto você. Mas, depois, tive uma visão mais ampla das coisas. (Estas coisas escuras se chamam "cogumelos", veja como são belos.) Outras considerações. Todos os homens são irmãos, claro, alguns são irmãos mais novos, por assim dizer. Há trabalhos que requerem cultura e refinamento, e outros, em que esses mesmos atributos seriam um obstáculo. Não podemos nos esquecer do direito à propriedade. "Dai a César o que...", você sabe. Em vez de explicar este assunto agora (tome, este é seu), creio que vou lhe emprestar um livro (*chomp, chomp, chomp,* os cogumelos estão fazendo jus à sua beleza), que explica tudo com bastante clareza.

O VIOLINO

23

Depois do café, o vigário entrou na pequena sala ao lado de seu escritório para procurar um livro de política econômica para que o Anjo lesse. A ignorância do estranho visitante sobre a sociedade estava muito além de qualquer explicação. A porta ficou entreaberta.

– O que é aquilo? – perguntou o Anjo, seguindo-o. – Um violino! – e pegou o instrumento.

– Você toca? – indagou o vigário.

O Anjo tomou o arco e, como que quisesse responder, friccionou-o contra as cordas. A qualidade da nota fez o vigário se virar repentinamente.

O Anjo segurou o instrumento com força. O arco movia-se tremulamente e um tom que o vigário jamais ouvira começou a dançar dentro de seus ouvidos. O Anjo encaixou o violino sob o delicado queixo e seguiu tocando, enquanto seus olhos ganhavam brilho e seus lábios sorriam. Ele olhou para o vigário, depois sua expressão mudou completamente. Não parecia mais olhar para ele, mas através dele, para algo que estava além, algo infinitamente remoto em sua memória ou imaginação, nunca sonhado até então...

O vigário tentou acompanhar a música. O tom agora lembrava uma chama que subia, brilhava, oscilava e dançava, sumindo e reaparecendo. Mas não! Não reapareceu. Era outra, ao mesmo tempo igual e diferente, que disparou, titubeou e sumiu. E depois outra, outra e mais outra, que lhe lembravam as labaredas que pulsavam e se moviam sobre o fogo recém-aceso. "Há dois tons (ou temas, qual é qual?)", pensou o vigário, que sabia pouquíssimo sobre técnica musical. As notas seguiam dançando, subindo, perseguindo uma a outra, desprendendo-se do fogo do encantamento, girando e subindo aos céus. Abaixo, permanecia o fogo que ardia, uma chama sem combustível rumo ao espaço inerte, e ali flertavam duas borboletas sonoras, dançando para longe, sobrepostas, ágeis, abruptas e incertas.

– Eram duas borboletas enamoradas!

O que o vigário estava pensando? Onde estava? Na saleta ao lado do escritório, é claro! Com o Anjo diante dele, sorrindo, tocando violino e olhando através dele, como se não passasse de uma janela. Aquele cenário, novamente, uma chama amarela, que se estendia como uma lufada de vento, seguida por outra, com um rápido redemoinho ascendente, perseguindo o fogo e a luz até o alto, até aquela límpida imensidão.

Subitamente, o escritório e as realidades da vida sumiram da vista do vigário, dissipando-se como uma neblina no ar, e ele e o Anjo ficaram como que em um clímax musical repleto de detalhes, ao redor do qual melodias brilhantes circulavam, desapareciam e ressurgiam. Ele estava na terra da beleza, e mais uma vez a glória celestial estava sobre o rosto do Anjo, as cores resplandecendo novamente em suas asas.

O vigário não podia ver a si mesmo, mas é impossível descrever a visão daquele imenso território, com sua vastidão, magnitude e nobreza, pois não há espaços assim entre nós, tampouco o tempo como nós o conhecemos. Seria preciso falar através de metáforas equivocadas e ainda assim cairíamos na amargura de que tudo fora em vão. E foi apenas uma visão. As maravilhosas criaturas que flutuavam no éter não os viram como eram, voando através deles como quem atravessa a névoa. O vigário perdeu toda a noção de tempo, de necessidade...

– Ah! – reagiu repentinamente o Anjo, largando o violino.

O vigário havia se esquecido do livro de economia política e de tudo o mais até que o Anjo tivesse terminado. Por um minuto, sentou-se em silêncio. Até que despertou com um sobressalto, sentado sobre um pesado cofre de ferro.

– Verdade – disse ele, lentamente. – Você é muito esperto.

O religioso olhou ao redor, um tanto confuso.

– Eu tive uma espécie de visão enquanto você tocava. Creio que vi... O que eu vi? Tudo se foi – disse, assumindo uma expressão deslumbrada. – Nunca mais tocarei violino novamente. Leve-o para o seu quarto e fique com ele... E volte a tocar para mim. Eu não sabia nada de música até ouvi-lo tocar. Sinto como se jamais tivesse ouvido música antes. – Olhou fixamente para o Anjo, depois à sua volta. – Nunca senti algo parecido com música antes. Jamais tocarei novamente.

O ANJO EXPLORA O VILAREJO

24

 Considero uma insensatez, mas o vigário permitiu que o Anjo descesse sozinho até o vilarejo, para ampliar suas ideias de humanidade. Insensatez, pois como ele poderia imaginar a recepção que o Anjo teria? Creio que não foi um descuido. O religioso sempre se manteve discreto no vilarejo, e a ideia de uma lenta procissão pela ruazinha, com todas as inevitáveis e curiosas observações, explicações e pessoas apontando, seria demais para ele. O Anjo poderia fazer as coisas mais estranhas; as pessoas certamente pensariam nelas com expressões curiosas, perguntando-se, "Vejam só, o que ele vai fazer agora?". Além disso, ele ainda tinha um sermão para preparar. Devidamente orientado, o Anjo desceu cheio de confiança, inocente em relação às peculiaridades dos humanos, tão diferentes do pensamento angelical.

 Caminhou tranquilamente, as mãos muito brancas unidas por trás da corcunda, o rosto gentil olhando em todas as direções. Olhou curiosamente dentro dos olhos das pessoas que encontrava. Uma criança que colhia ervilhacas e madressilvas olhou para ele e veio lhe entregar as flores. Foi a única manifestação de gentileza que recebeu de um ser humano (a não ser do vigário e de um ou outro). Ao passar pela porta, ouviu a senhora Gustick ralhando com sua neta.

– Descarada, sem-vergonha! – resmungou a velha. – Sua mentirosa!

O Anjo parou, espantado com os estranhos sons da senhora Gustick.

– Você põe suas roupas de domingo, enche seu chapéu de penas e sai para encontrar sabe-se lá quem, toda emperiquitada, e eu aqui, como se fosse sua escrava. Você só quer saber de ser dondoca, mocinha! É mesmo uma libertina preguiçosa! E além de tudo, vaidosa...

A voz parou abruptamente e uma grande paz invadiu a atmosfera agitada.

– Que coisa mais estranha e grotesca! – comentou o Anjo, ainda analisando aquela maravilhosa caixa de impropérios. – Libertina preguiçosa!

Ele não fazia ideia de que a senhora Gustick acabara de perceber que ele estava ali e o escrutinava pela fresta da janela. De repente, a porta foi escancarada, e ela olhou fixamente o Anjo. Uma estranha figura, com o cabelo sujo e grisalho, um vestido cor-de-rosa desabotoado que deixava à mostra o pescoço enrugado, uma gárgula descolorida que começou a vociferar ultrajes incompreensíveis.

– Não tem nada melhor para fazer do que ficar escutando o que se passa na casa dos outros, mocinho?

O Anjo olhou para ela, estupefato.

– Você me ouviu? – disse a senhora Gustick, claramente transtornada. – Seu enxerido!

– A senhora se opõe que eu a ouça?

– Se eu me oponho? Mas é claro! O que você acha? Que tipo mais tonto!

– Se não quer que eu ouça, por que grita tanto? Eu apenas pensei...

– Você não pensou coisa alguma! É um palerma, um pulha! Com esses seus olhos idiotas para cima da Gaby... Não tem mais o que fazer, além de ficar aí parado, de boca aberta? Sujeitinho enxerido, fofoqueiro e linguarudo! Eu morreria de vergonha se me pegassem escutando a conversa dos outros atrás da porta...

O Anjo ficou surpreso ao ver que alguma característica inexplicável na voz da mulher provocava nele as mais desagradáveis sensações, além de um forte desejo de sair dali. No entanto, resistiu e ouviu a tudo educadamente (como era o costume na Terra dos Anjos, enquanto alguém estivesse falando). Toda aquela erupção ia além de sua compreensão. Não percebeu motivo algum para toda aquela avalanche de desqualificações gratuitas. E tantas perguntas sem espaço para respostas era também algo inédito.

A senhora Gustick seguiu com sua fluência característica, garantindo que ele não era cavalheiro. Perguntou se o Anjo se considerava um, lembrando que vários vagabundos agiam daquela forma. Comparou-o a um porco prestes a ser sacrificado, espantou-se com seu descaramento, perguntou se não tinha vergonha de ficar ali parado, indagou se tinha criado raízes naquele chão, disse que gostaria de ouvir suas explicações, quis saber se ele havia roubado as roupas de um espantalho, sugeriu que uma vaidade anormal havia gerado aquele comportamento, questionou se sua mãe sabia que ele estava na rua, e finalmente disse:

– Tenho algo aqui para o senhor sumir bem depressa.

Em seguida, bateu a porta com força.

O intervalo pareceu ao Anjo algo pacífico. Sua mente confusa teve tempo para analisar as sensações. Ele parou de se curvar e sorrir, ficando apenas chocado.

– Que sensação curiosa e incômoda – disse ele. – Quase pior do que a fome, mas bem diferente. Quando se tem fome, basta comer. Creio que ela era uma mulher. Tenho vontade de sair daqui. É melhor eu ir.

Então se virou e desceu a rua, pensativo. Ouviu a porta da casa se abrir novamente e, ao virar a cabeça, viu entre as trepadeiras de flores vermelhas a senhora Gustick vindo com uma panela de caldo de repolho fervente.

– É bom mesmo que suma, senhor Calças Roubadas! – gritou ela, através das flores. – Não me venha mais aqui bisbilhotar ou vai se ver comigo!

O Anjo ficou parado, consideravelmente perplexo, sem desejo algum de chegar perto daquela casa novamente. Não compreendeu o que vinha naquela panela, mas sua impressão foi de algo desagradável. Não havia explicação.

– E estou falando sério! – bradou a mulher, cada vez mais furiosa. – Pode acreditar que estou falando muito sério.

O Anjo voltou a caminhar com uma grande expressão de espanto nos olhos.

– Que criatura mais grotesca! – refletiu. – Muito mais que o homenzinho de roupas pretas. Ela falou algo muito sério para mim... Mas não faço ideia do que seja. – Calou-se por um momento e resmungou, cada vez mais perplexo. – Creio que todos querem me dizer alguma coisa.

25

Então o Anjo avistou a forja, onde o irmão de Sandy Bright colocava ferraduras em um cavalo para o carroceiro de Upmorton. Indiferentes, dois garotos observavam os procedimentos. Ao ver que o Anjo se aproximava dos dois, o carroceiro se virou devagar e analisou atenciosa e silenciosamente sua chegada. A expressão no rosto deles era de curiosidade.

O Anjo tomou consciência de si pela primeira vez na vida. Chegou ainda mais perto, tentando manter no rosto uma expressão amigável, a qual pouco afetou o olhar de pedra dos demais. Com as mãos atrás do corpo, sorriu gentilmente, observando o estranho trabalho do ferreiro. Mas todos aqueles pares de olhos pareciam desaprovar sua presença ali. Tentando encarar os três ao mesmo tempo, o Anjo não percebeu uma pedra e tropeçou. Um deles tossiu sarcasticamente e, confuso diante do olhar indagador do Anjo, imediatamente tocou o companheiro para disfarçar. Nenhum deles falou, tampouco o Anjo.

Assim que este passou, um dos três cantarolou em tom agressivo.

Até que os três começaram a gargalhar. Um deles tentou cantar algo, mas foi impedido por um forte pigarro. O Anjo continuou seu caminho.

– Quem é? – perguntou o segundo garoto.

– *Ping, ping, ping* – fazia o martelo do ferreiro.

– Será que é um desses estrangeiros que vêm aqui? – disse o carroceiro de Upmorton. – Tem cara de tonto.

– Como todos os estrangeiros – brincou o primeiro garoto.

– E aquela corcunda! – comentou o carroceiro de Upmorton. – Que um raio me parta se aquilo não é uma corcunda.

O silêncio voltou e eles seguiram com suas considerações sem muita expressão sobre a figura do Anjo, que se afastava.

– Podem acreditar, aquilo lá é uma corcunda! – disse o carroceiro, após uma longa pausa.

26

O Anjo seguiu pelo vilarejo, achando tudo maravilhoso.

– Eles começam e logo terminam – disse a si mesmo, incerto. – Mas o que fazem enquanto isso?

Então, percebeu uma boca invisível entoando palavras inaudíveis no tom que o homem havia cantarolado na forja.

– Essa é a criatura que o vigário alvejou com aquela espingarda – explicou Sarah Glue, moradora de Church Cottages, número 1, olhando pelas persianas.

– Parece um tanto francês – disse Susan Hopper, olhando pela cortina, curiosa.

– Tem olhos tão doces – comentou Sarah Glue, que pôde vê-los por um instante.

O Anjo seguiu seu passeio. O carteiro passou por ele e o saudou tocando o chapéu. Mais adiante, um cachorro dormia sob o sol. Pouco depois, passou por Mendham, que acenou ao longe e acelerou o passo. (Não interessava ao coadjutor ser visto falando com um anjo no vilarejo, até que se soubesse mais sobre ele.) De uma das casas, veio um grito de criança, que pôs ainda mais perplexidade naquele rosto angelical. Finalmente, o passeio chegou até a ponte sob a última casa, e o Anjo ficou ali, apoiado no parapeito, vendo a cascata cintilante que movia o moinho.

– Eles começam e logo terminam – disse à barragem do moinho, por onde a água corria, verde e escura, cheia de espuma.

Além do moinho estava a torre quadrada da igreja e, atrás dela, o cemitério, com túmulos e lápides espalhados pela encosta. Seis faias adornavam a paisagem.

O Anjo então ouviu um movimento de pés e o ranger de rodas atrás dele. Virou-se e viu um homem com trapos marrons e um chapéu cinza empoeirado, que estava de pé com certa oscilação, olhando fixamente para as costas angelicais. Além dele, outro homem quase tão sujo empurrava uma roda de afiar.

– Dia – disse o primeiro, com um sorriso discreto. – Bom dia! – teve dificuldade para conter um soluço.

O Anjo seguiu olhando-o fixamente. Nunca vira sorriso tão tolo.

– Quem é você? – indagou o Anjo.

O sorriso tolo desapareceu.

– Não interessa. Só dei bom-dia.

– Deixa disso – pediu o homem com o afiador, recuando.

– Se eu dei bom-dia – argumentou o maltrapilho, parecendo ofendido –, custa responder?

– Deixa disso, idiota! – insistiu o outro homem.

– Eu não entendi – reagiu o Anjo.

– Não entendeu? É fácil. Eu dou bom-dia e você responde. Pode responder? Eu só dei bom-dia. Qual é o seu problema? Eu te ensino.

O Anjo estava confuso. O bêbado cambaleou por um momento, pegou o chapéu e lançou-o aos pés do Anjo.

– Que tal? – perguntou, como se tivesse tomado uma importante decisão.

– Deixa disso! – exclamou o homem com a pedra de afiar, já a quase vinte metros dali.

– Quer lutar, seu... – o Anjo não compreendeu a última palavra. – Vou te mostrar a dar bom-dia às pessoas. – Começou a lutar contra o próprio casaco. – Acha que eu bebi demais? Pois vou te mostrar.

O homem com o afiador se sentou para assistir.

– Deixa disso! – insistiu.

O casaco era um tanto complicado, e o bêbado começou a ir de um lado para o outro na rua, tentando se livrar da vestimenta enquanto fazia ameaças de morte. Lentamente, o Anjo passou a ter a discreta impressão de que o ébrio estava sendo hostil.

– Vou te mostrar como acabo com você – disse o ébrio, com o casaco quase sobre a cabeça.

Finalmente, a peça de roupa estava no chão, e entre os vários buracos do que um dia fora um colete, o bêbado tinha um corpo forte e peludo aos olhos atentos do Anjo. Em seguida, adotou uma postura de pugilista.

– Vou te arrancar o couro – ameaçou, avançando e recuando, com os punhos erguidos e os cotovelos afastados.

– Deixa disso – disse a voz, de muito longe.

A atenção do Anjo estava voltada para os dois punhos peludos e escuros, que dançavam no ar, indo e vindo.

– O que me diz? Vou te mostrar – ameaçou o maltrapilho, depois, com incrível ferocidade: – Vou te mostrar quem eu sou.

De repente, o homem avançou em um cambaleio e, instintivamente, o Anjo ergueu o braço e afastou-se de lado, evitando-o. O punho errou o ombro angelical por um fio, e o ébrio caiu com o rosto no parapeito da ponte. O Anjo hesitou, observando aquela imundície que tanto blasfemava e se contorcia, e virou-se para o companheiro do homem que estava bem mais adiante.

– Eu vou levantar – disse o homem na ponte. – Vou levantar, seu porco, e te mostrar.

Um estranho desgosto, somado a uma terrível repulsa, tomou o Anjo, que caminhou lentamente de onde estava o bêbado até o homem com o afiador.

– O que significa tudo isso? – indagou o Anjo. – Eu não entendo.

– É um idiota… Está falando que hoje são suas bodas de prata – explicou o homem com o afiador, claramente incomodado. Depois, ainda mais impaciente, gritou: – Deixa disso!

– Bodas de prata? – questionou o Anjo. – O que são bodas de prata?

– O idiota está bêbado – explicitou o homem com a roda de afiar. – Mas sempre tem uma desculpa dessas. Enche a paciência da gente. Semana passada era o aniversário dele, e nem tinha passado o porre e já estava bebendo de novo em homenagem à minha roda de afiar nova. Vamos embora, tonto!

– Mas eu não entendo – disse o Anjo. – Por que ele cambaleia tanto? Está tentando pegar o chapéu e não consegue?

– O quê? – exaltou-se o afiador. – Rapaz, como tem gente ingênua nesse mundo! Não percebeu que ele está caindo de bêbado? É isso!

O Anjo percebeu o tom de voz do homem e achou melhor não fazer mais perguntas. Entretanto, ficou diante da roda do moinho e seguiu assistindo às evoluções na ponte.

– Vamos! Estou vendo que vou ter de ir até aí catar o seu chapéu... É sempre assim. Eu nunca tive um parceiro tão idiota – e seguiu refletindo. – Não é que ele não tenha onde cair morto, mas é muito irresponsável quando bebe. Sai convidando todo mundo que encontra. De pé, homem! E não é que convidou o Exército da Salvação para beber?! Perde completamente a noção. Vamos, homem, vamos! Vou ter de pegar seu maldito chapéu. Ele não faz ideia dos problemas que causa!

O Anjo viu o homem voltar blasfemando, embora de um jeito carinhoso, ajudar o bêbado a se levantar, vestir o chapéu e o casaco.

Depois, absolutamente perplexo, decidiu voltar ao vilarejo.

27

Após o incidente, o Anjo passou novamente pelo moinho e foi até a igreja, ver os túmulos.

– Parece que é aqui que depositam os ossos – disse ele, lendo as inscrições. – Que palavra curiosa: restos! *Resurgam!* Então não acabam de vez... Precisam de pedras pesadas para manter essa mulher aí dentro. Que coragem a dela... Hawkins? – perguntou-se. – Hawkins? Que nome estranho... Então ele não morreu. Fica claro aqui: "Juntou-se às hostes angelicais em 17 de maio de 1863". Deve ter ficado tão deslocado lá quanto eu aqui. Mas por que colocaram esse vasinho no alto do monumento? Curioso! Há vários outros por aqui, vasinhos de pedra cobertos por um manto de outras pedrinhas.

Naquele momento, alguns meninos saíam da Escola Nacional. Primeiro um, depois os demais, pararam para admirar a figura corcunda do Anjo entre as lápides.

– Olha como ele é torto! – notou um deles.

– E tem cabelo de menina! – comentou outro.

O Anjo se voltou para eles, impressionado pelas cabecinhas que o olhavam por cima do muro, repleto de musgo. Sorriu discretamente para seus rostos atentos, depois observou as grades de ferro que circundavam o túmulo dos Fitz-Jarvis.

– Que atmosfera de incertezas! – exclamou. – Lajes, pedras, grades... Será que eles têm medo? Será que os mortos tentam se levantar? Que ar mais repressivo, fortificado...

– Corta o cabelo dele! Corta o cabelo dele! – gritavam os três garotinhos.

– Que curiosos esses humanos! – disse o Anjo. – Ontem, um homem queria cortar minhas asas. Agora, estas criaturinhas querem cortar meu cabelo! E o homem na ponte queria arrancar meu couro. Logo, não vai restar nada de mim.

– Onde conseguiu esse chapéu? E essas roupas? – indagaram os meninos.

– Eles fazem perguntas às quais evidentemente não querem resposta alguma. Percebo pelo tom. – Olhou pensativamente para os meninos. – Não compreendo os métodos das interações humanas. Parecem abordagens amistosas, uma espécie de ritual. Mas não sei como responder a elas. Acho que vou voltar ao gorducho com a corrente dourada presa à barriga e lhe pedir explicações. É tão difícil.

Foi até o portão.

– Oh! – disse um dos garotos, em um falsete agudo, ao arremessar uma casca de noz de faia, que atravessou o caminho do cemitério.

O Anjo parou, surpreso.

Aquilo fez os garotos rirem bastante. Imitando o primeiro menino, um segundo gritou:

– Oh! – e jogou outras cascas.

Uma delas atingiu a mão do Anjo, outra, sua orelha. O Anjo fez movimentos desajeitados na direção deles. As crianças ficaram surpresas e assustadas com tamanho desconcerto e covardia. Aquele comportamento era repreensível. Os arremessos aumentaram consideravelmente. Imaginem crianças petulantes correndo até ele e desferindo as rajadas, outras mais discretas vindo por trás para disparar. O vira-lata de Milton Sreever começou a latir agitadamente diante de tal espetáculo, cada vez mais perto dos calcanhares angelicais.

– Ei, ei! – gritou uma voz vigorosa. – Nunca vi uma coisa dessas. Onde está o senhor Jarvis? Tenham modos, seus diabinhos!

Os garotos correram por todas as direções. Alguns pularam o muro até o parque, outros desceram a rua.

– Essas crianças estão se tornando verdadeiras pestes! – queixou-se Crump, subindo. – Desculpe se o aborreceram!

O Anjo parecia um tanto incomodado.

– Eu não entendo esses modos humanos... – disse ele.

– Sim, são um tanto inusitados para você. Como vai sua protuberância?

– Minha o quê?

– Seu membro bífido. Como está? Já que está aqui, entre. Posso examiná-la novamente. Crianças endiabradas! São todos assim, por esses vilarejos. Não entendem nada diferente. Se veem um estrangeiro de aparência incomum, jogam pedras. Mal sabem o que há além da paróquia... Vou lhes dar uma lição se voltarem a incomodar estrangeiros... Venha por aqui.

E assim, naquele estado de terrível perplexidade, o Anjo foi conduzido até o consultório do médico para que sua ferida fosse tratada.

A VISÃO DE LADY HAMMERGALLOW

28

É no Parque de Siddermorton que está localizada a residência de mesmo nome, onde mora Lady Hammergallow, que vive à base de vinho e dos pequenos escândalos do vilarejo, uma doce senhora de pescoço enrugado, pele avermelhada e surtos de mau humor, cujos três remédios para todos os problemas humanos eram uma garrafa de gim, um par de cobertores baratos e algumas moedas novas. A residência ficava a pouco mais de dois quilômetros de Siddermorton. Quase todo o vilarejo pertencia a ela, a não ser um trecho na extremidade sul de propriedade de Sir John Gotch, e ela o governava de maneira autocrática, divertindo-se naqueles tempos de governo dividido. Ela ordenava e proibia casamentos, expulsava pessoas deploráveis do vilarejo, simplesmente aumentando o valor dos aluguéis, demitia trabalhadores, obrigava hereges a frequentar a igreja e fez Susan Dangett, que almejava batizar sua filha de Eufêmia, dar-lhe o nome de Mary-Anne. Era uma protestante obstinada que desaprovava o fato de o vigário ficar calvo como se tivesse uma tonsura. Fazia parte do Conselho local, cujos integrantes tinham o trabalho de subir o morro e atravessar a charneca para ir até ela, comunicando-lhe tudo através de uma trombeta ao invés de usar a tribuna, pois era bastante surda. Não tinha mais interesse em política, mas, até o ano anterior, era uma inimiga bastante ativa "daquele Gladstone". Tinha aias para auxiliá-la, em vez de criados, para se diferenciar de Hockley, o corretor da bolsa americano, e seus quatro titãs de pelúcia.

Gerou no vilarejo algo muito parecido com fascínio. Se, no bar O Gato ou no Cornucópia, você jurar em nome de Deus, ninguém se surpreenderia, mas se jurar por Lady Hammergallow, as pessoas provavelmente o expulsariam. Quando ela vai a Siddermorton, sempre chama Bessy Flump, a administradora dos correios, para saber de tudo o que ocorre, e depois a senhorita Finch, a costureira, para conferir o que Bessy Flump disse. Às vezes, chama o vigário ou a senhora Mendham, a quem destrata, e às vezes até Crump. Seu par de cavalos tordilhos quase atropelou o Anjo quando ele ia até o vilarejo.

– Quer dizer que este é o gênio! – comentou Lady Hammergallow, que se virou e olhou para ele pelos óculos do tipo *lorgnette,* sem hastes, que sempre tinha à mão, trêmula e enrugada. – Certamente um lunático! A pobre criatura tem belas feições. Uma lástima não termos nos encontrado antes!

Então, ela seguiu rumo ao vicariato, desejando notícias de tudo. Os relatos conflitantes das senhoritas Flump, Finch, da senhora Mendham, de Crump e da senhora Jehoram a deixaram desorientada. Pressionado, o vigário fez tudo o que pôde para explicar o que havia acontecido através da trombeta. Suavizou como pôde o tema das asas e da túnica cor de açafrão, mas teve a sensação de que nada adiantou. Falou de seu protegido, chamando-o de "senhor" Anjo. Fez apartes constrangedores ao martim-pescador. A anciã percebeu sua confusão, balançando a cabeça para a frente e para trás e colocando a trombeta no rosto do vigário quando este nada tinha a dizer, os olhos encolhidos perscrutando-o, ignorando as explicações que vinham de seus lábios. De fato, captou alguns fragmentos.

– Você lhe pediu que ele se hospedasse aqui indefinidamente? – perguntou Lady Hammergallow, com uma grande ideia tomando forma em seus pensamentos.

– Talvez eu tenha... inadvertidamente... feito isso...

– E não sabe de onde ele veio?

– Não.

– Muito menos quem é o pai dele, imagino – disse ela, misteriosamente.

– Não – respondeu o vigário.

– Diga! – ela insistiu, segurando os óculos diante dos olhos e repentinamente atingindo-o nas costelas com a trombeta.

– Mas... Lady Hammergallow!

– Foi o que imaginei. Não pense que vou repreendê-lo, senhor Hilyer. – Gargalhou animadamente. – O mundo é como é, e os homens são como são. O coitado é aleijado, não é? Talvez um castigo. Está de luto, pelo que vi. Fez-me lembrar do livro *A letra escarlate*. A mãe deve estar morta. É justo, também. Eu não sou uma mulher ignorante, eu o respeito por tê-lo abrigado, sinceramente.

– Mas, Lady Hammergallow!

– Não estrague tudo com negações. Está muito, muito claro para uma mulher do mundo! Essa senhora Mendham! Ela me diverte com suas suspeitas. Que ideias mais estapafúrdias! E é esposa do coadjutor! Espero que não tenha ocorrido depois que se tornou sacerdote.

– Lady Hammergallow, eu protesto! Eu lhe dou a minha palavra!

– Senhor Hilyer, *eu* protesto. Eu *sei*. Nada do que venha a me dizer mudará minha opinião. Nem tente. Eu jamais desconfiei que você fosse um homem tão interessante.

– Mas essa desconfiança é insuportável!

– Nós vamos ajudá-lo, senhor Hilyer. Pode confiar em mim. Que romântico – ela irradiava benevolência.

– Mas, Lady Hammergallow, eu preciso me manifestar!

Ela pegou a trombeta, decidida, segurou-a diante de si e balançou a cabeça.

– Dizem que ele também é um gênio da música. É verdade, vigário?

– Sou capaz de jurar solenemente...

– Logo imaginei. E, como aleijado...

– A senhora está cometendo um equívoco dos mais cruéis...

– Eu pensei que, se o dom do rapaz é como a senhora Jehoram diz...

– Uma desconfiança injustificável pela qual um homem jamais...

– A opinião dela não me diz muita coisa, claro.

– Considere minha posição. Afinal, nesses anos todos, não tenho uma reputação a zelar?

– Podemos conseguir que ele se apresente em público.

– Mas eu já... Não adianta!

– E assim, caro vigário, eu proponho darmos a ele uma oportunidade de nos mostrar o que pode fazer. Eu pensei nisso a caminho daqui. Na próxima terça-feira, vou convidar algumas pessoas muito bem selecionadas, e o rapaz pode levar o violino, o que acha? Se tudo correr bem, verei se consigo apresentá-lo às pessoas certas.

– Mas, Lady Hammergallow...

– Nem mais uma palavra! – ordenou a senhora, ainda segurando resolutamente a trombeta diante de si e pegando os óculos. – Eu realmente não posso deixar os cavalos esperando tanto tempo. Cutler fica deveras incomodado se os deixo parados. O coitado fica enfadado se não há uma taverna por perto – e foi para a porta.

– Maldita seja! – blasfemou o vigário, entredentes. Ele jamais usara esta expressão desde que virara sacerdote. Veja como a visita de um Anjo pode tirar um homem do sério.

Ficou na varanda, vendo a carruagem se afastar. O mundo parecia se despedaçar diante dele. Os trinta anos de celibato foram em vão? Como podiam pensar que era capaz de fazer tais coisas? Olhou para a plantação de milho do outro lado e para o vilarejo adiante. Pareciam reais o bastante. E, pela primeira vez na vida, houve uma estranha dúvida sobre a realidade de tudo aquilo. Esfregou o queixo, subiu lentamente as escadas até o quarto e ficou ali sentado por um longo tempo observando o traje amarelo.

– Eu conheço o pai dele! É imortal e já pairava sobre todas as coisas no céu quando meus ancestrais eram marsupiais... Gostaria que estivesse presente agora. – Levantou-se e tocou a túnica. – Onde será que conseguem estas coisas? – perguntou-se, indo até a janela para observar. – Tudo é maravilhoso, até mesmo o nascer e o pôr do sol. Acredito que não existam bases rígidas para nenhuma crença, mas a gente passa a aceitar algumas coisas. E isso confunde tudo. Sinto como se despertasse para algo invisível. Para a mais estranha das incertezas. Desde minha adolescência, não me sinto tão confuso e agitado.

OUTRAS AVENTURAS DO ANJO NO VILAREJO

29

– Muito bem! – disse Crump ao trocar a bandagem. – Posso estar sendo traído pela memória, mas as protuberâncias parecem bem menores do que estavam ontem. Estou impressionado. Fique e almoce comigo, já é meio-dia. As crianças voltarão para a escola no começo da tarde. Nunca vi algo cicatrizar tão depressa em minha vida – continuou, enquanto iam até a sala de jantar. – Seu organismo deve ser tão limpo de bactérias quanto é possível imaginar. Seja lá o que se passa em sua cabeça – acrescentou em voz baixa.

Durante o almoço, observou o Anjo cuidadosamente e puxou conversa.

– A viagem o deixou cansado ontem? – perguntou bruscamente.

– Viagem! – exclamou o Anjo. – Ah, minhas asas ficaram um pouco rígidas.

"É melhor fingir que eu acredito. Vou entrar na conversa dele", pensou Crump.

E perguntou em voz alta:

– Quer dizer que você veio voando? Nenhum tipo de transporte o trouxe?

– Não havia nenhum caminho – explicou o Anjo, servindo-se de mostarda. – Eu estava voando em uma sinfonia com grifos e querubins de fogo e de repente tudo escureceu e eu vim parar neste mundo de vocês.

– Santo Deus! É por isso que não possui nenhuma bagagem! – disse Crump, limpando a boca com um guardanapo e com um sorriso nos olhos. – Imagino que conheça bastante o nosso mundo, nos observando através dos penhascos e tudo o mais. Estou certo?

– Não conheço muito. Sonhamos com ele, às vezes. Em noites de luar, quando os pesadelos nos fazem dormir.

– Ah, claro. Que maneira poética de dizer isso. Quer um pouco de vinho? É da Borgonha! Está bem aí. Há uma persuasão neste mundo, sabia? As visitas de anjos não são muito frequentes. Talvez algum de seus amigos tenha vindo. Imagino que apareçam apenas a certas pessoas merecedoras, que estão em prisões ou em danças rituais. Como a história de Fausto, entendeu?

– Jamais ouvi falar de algo assim – respondeu o Anjo.

– Em um dia desses, uma senhora cujo bebê era meu paciente por causa de uma indigestão me garantiu que certas expressões faciais da criança eram demonstrações de que ele estava sonhando com anjos. Nos romances da senhora Henry Wood, fala-se de um sintoma infalível de morte prematura. Imagino que você não saberia falar sobre essa estranha manifestação patológica, saberia?

– Não compreendo nada disso – disse o Anjo, confuso, sem morder a isca.

"Ele está ficando receoso. Percebeu que estou zombando dele", pensou o doutor.

No entanto, seguiu em sua farsa:

– Algo me causa imensa curiosidade. Os recém-chegados reclamam muito dos serviços médicos de vocês? Sempre me perguntei se haveria muita conversa sobre o tratamento de algumas doenças pela água. Em junho, eu observei aquela imagem na Academia...

– Recém-chegados! – disse o Anjo. – Realmente não estou entendendo.

O médico olhou bem para ele.

– Eles não chegam?

– Chegam? Quem? – indagou o Anjo.

– As pessoas daqui que morrem.

– Depois que envelhecem?

– É o que a maioria acredita, sabia?

– Pessoas como a mulher que gritou à porta, o homem de rosto escuro que cambaleava e as criaturinhas que me atiraram coisas, gente assim eu só vi neste mundo aqui.

– Ah! Só falta você me dizer que seus trajes não são brancos e que não sabe tocar harpa.

– Não existe branco na Terra dos Anjos. Essa cor pálida que se obtém misturando todas as outras.

– Por quê, meu caro senhor? – indagou o médico, alterando o tom de voz. – Você não sabe nada sobre o lugar de onde veio. O branco é a essência dele.

O Anjo o encarou. Estaria o homem caçoando? Parecia tão sério.

– Veja bem – começou Crump, levantando-se e pegando um exemplar da revista da paróquia. Então a trouxe para o Anjo e abriu o suplemento colorido. – Estes aqui são anjos de verdade – disse. – Não são apenas as asas que fazem um anjo. Veja como vestem branco, sobem aos céus entre nuvens esvoaçantes, com as asas recolhidas. Assim são os anjos, segundo as maiores autoridades. Cabelos quase oxigenados. Um tem uma pequena harpa e o outro auxilia a dama sem asas a subir, uma espécie de anjo ainda em evolução.

– Mas eles não são anjos de maneira alguma.

– São, sim – disse Crump, colocando a revista de volta no lugar e voltando à cadeira com um ar de intensa satisfação. – Posso lhe garantir que tenho autoridade para...

– Eu garanto a você...

Crump fez um muxoxo e balançou a cabeça lateralmente, como fizera com o vigário.

– Não adianta. Não posso mudar de ideia por causa de um visitante irresponsável...

– Se eles são anjos – ponderou o Anjo –, eu nunca estive na Terra dos Anjos.

– Precisamente. É isso que eu vinha tentando explicar – disse o médico, inefavelmente satisfeito consigo mesmo.

O Anjo olhou para ele com os olhos arregalados por um minuto, depois foi tomado pelo distúrbio humano da gargalhada.

– Ah, ah ah! – riu Crump, juntando-se a ele. – Bem que eu achei que você não era tão louco quanto parecia. Ah, ah, ah!

O restante do almoço foi divertido, por motivos diferentes, e Crump insistiu em tratar o Anjo como um galhofeiro dos bons.

30

Depois de deixar a casa de Crump, o Anjo subiu o morro em direção ao vicariato. No entanto, talvez movido pelo desejo de evitar a senhora Gustick, desviou pelo campo de Lark e pela fazenda de Bradley.

Deparou-se com o Respeitável Vagabundo descansando entre as flores silvestres. Parou para observar, tocado pela tranquilidade celestial no rosto daquele homem. Enquanto o fazia, o Respeitável Vagabundo acordou de repente e se sentou. Era uma criatura pálida, vestido de um preto encardido, com um chapéu velho e imundo, que cobria um dos olhos.

– Boa tarde! – disse afavelmente. – Como vai você?

– Muito bem, obrigado! – respondeu o Anjo, que já dominava aquela resposta.

O Respeitável Vagabundo olhou para o Anjo atentamente.

– Dando uma voltinha, amigo? Igual a mim.

O Anjo achou estranho.

– Por que você dorme assim e não deitado em uma cama?

– Sem piadas, amigo! Por que eu não durmo em uma cama? Bem, acontece que estão pintando o Palácio de Sandringham, o Castelo de

Buckingham está com reformas no encanamento, e não tenho outra casa. Por acaso teria no bolso dinheiro para uma cerveja?

– Não tenho nada nos bolsos – respondeu o Anjo.

– Aquele lá é o vilarejo Siddermorton? – indagou o vagabundo, erguendo-se e apontando para os telhados no pé do morro.

– Sim, lá é Siddermorton – confirmou o Anjo.

– Pois é, pois é... Um belo vilarejo – elogiou o Vagabundo, espreguiçando-se e admirando o local. – Casas... – refletiu. – Lavouras... – apontou para os pomares e campos de cereais. – Parece bastante agradável, não acha?

– Tem sua própria beleza – avaliou o Anjo.

– Sim... sua própria beleza... Eu adoraria saquear este lugar... Foi aqui que eu nasci.

– Céus! – exclamou o Anjo.

– Sim, eu nasci aqui. Já ouviu falar de uma rã sem cérebro?

– Rã sem cérebro? Não! – reagiu o Anjo.

– É algo que os vivisseccionistas fazem. Eles pegam uma rã, cortam seu cérebro e colocam um produto. E fica uma rã sem cérebro. O vilarejo é cheio de seres humanos sem cérebro.

O Anjo levou aquilo muito a sério.

– É verdade? – indagou.

– Pode acreditar em mim. Todos eles tiveram os cérebros arrancados e pedaços de madeira colocados no lugar. Está vendo aquele prédio vermelho?

– Aquela é a Escola Nacional – respondeu o Anjo.

– Sim, é onde arrancam o cérebro das pessoas – elucidou o Vagabundo, apaixonado com seu conceito.

– Que coisa mais interessante.

– E faz sentido. Se tivessem cérebro, teriam ideias e, se as tivessem, pensariam com sua própria cabeça. Pode ir de um lado a outro do vilarejo e não vai encontrar ninguém agindo assim, pois todos não possuem cérebro. Eu conheço o vilarejo. Nasci ali e ainda estaria ali, trabalhando como escravo para os ricos, se não me revoltasse contra esse negócio de retirada de cérebros.

— É uma cirurgia muito dolorosa? — perguntou o Anjo.

— Em parte. Embora não seja precisamente a cabeça que doa. Leva bastante tempo. Eles levam os jovens para a escola e dizem a eles que suas mentes serão aprimoradas, e eles vão, encantados. Então, começam a enfiar coisas na cabeça deles. Pouco a pouco, vão secando aqueles cérebros suculentos. Com datas, listas e muito mais. Eles saem da escola sem cérebro, muito cordiais, saudando qualquer um que olha para eles com um toque no chapéu. Um deles fez isso ontem para mim. Eles correm animados por todos os lados e fazem trabalhos sujos e desagradáveis, mas são gratos por terem permissão para viver. Eles têm orgulho do trabalho duro sem motivo algum. Depois que se tornam sem cérebro, fica claro. Está vendo aquele senhor trabalhando?

— Sim — respondeu o Anjo. — Ele está sem cérebro?

— Acredito que esteja! Se não estivesse, estaria descansando, com um dia tão agradável como hoje, como eu e os santos apóstolos.

— Começo a entender — disse o Anjo, hesitante.

— Eu sabia que você entenderia — afirmou o Vagabundo Filósofo. — Achei que era do tipo certo. Mas, falando sério, você não acha isso ridículo? Séculos e mais séculos de civilização, e veja o pobre porco ali, suando em bicas, subindo o morro. E é inglês. A mais avançada das raças já criadas. É um dos governantes da Índia. Basta para fazer um crioulo rir. A bandeira que enfrentou durante mil anos: a guerra e a brisa. Essa é a bandeira dele. Nunca houve um país tão grande e glorioso como este. Nunca. E veja o que faz conosco. Vou lhe contar uma historinha sobre isso, já que parece estrangeiro. Há um sujeito aqui chamado Gotch. Chamam-no de Sir John Gotch, e, quando ele era jovem em Oxford, eu tinha uns 8 anos, e minha irmã, 17. Ela era criada da família dele. Santo Deus! Todos ouviram uma história assim, é bem comum, sobre ele ou tipos como ele.

— Eu, não — reagiu o Anjo.

— Tudo o que as meninas têm de lindo e alegre, eles jogam na sarjeta, e também os homens com espírito de aventura, os que se recusam a beber o que a mulher do coadjutor manda no lugar da cerveja, a tocar seus chapéus promíscuos, a deixar os pássaros e coelhos para as pessoas de melhor estirpe, todos são expulsos como párias dos vilarejos. Patriotismo! E me falam de melhorar a raça! O que sobrou não serve para olhar um crioulo nos olhos, um chinês sentiria vergonha deles.

– Não estou entendendo. Creio que não sigo seu raciocínio – continuou o Anjo.

Naquele instante, o Vagabundo Filósofo explicou ao Anjo a simples história de Sir John Gotch e a criada. Não é necessário repeti-la. Não preciso dizer que o Anjo ficou estupefato. Havia muitas palavras que ele não entendeu, pois o único veículo para a emoção que tomava o Vagabundo era a blasfêmia. Apesar de seus linguajares tão diferentes, o Vagabundo conseguiu transmitir ao Anjo parte de suas próprias e provavelmente infundadas convicções sobre a injustiça e a crueldade da vida, e do quanto Sir John Gotch era absolutamente detestável. A última vez que o Anjo viu o Vagabundo foi quando suas costas imundas sumiram na ladeira que vai para Iping Hanger. Um faisão surgiu na estrada, e o Vagabundo imediatamente pegou uma pedra e torpemente acertou a ave, que fugiu, assustada. Ao fazer a curva, o Vagabundo também desapareceu.

A AMPLITUDE DE VISÃO DA SENHORA JEHORAM

31

– Eu ouvi alguém tocando violino no vicariato quando cheguei – comentou a senhora Jehoram, pegando a xícara de chá oferecida pela senhora Mendham.

– O vigário toca – explicou a senhora Mendham. – Eu falei com o George sobre isso, mas não é bom. O vigário não deveria ter permissão para fazê-lo. É algo para estrangeiros, mas ele…

– Eu sei, querida – afirmou a senhora Jehoram. – Mas eu ouvi o vigário tocar certa vez na escola, e não creio que tenha sido ele agora. Era algo tão fresco, elegante… Conversando com Lady Hammergallow esta manhã, eu disse que…

– O lunático! Provavelmente. Essa gente imbecil… Creio que jamais esquecerei aquele encontro assustador de ontem, querida.

– Nem eu.

– Minhas pobres meninas! Estão chocadas demais para dizer qualquer coisa sobre o ocorrido. Eu dizia a Lady Hammer…

– É natural. Foi assustador para elas.

– Agora, diga-me com franqueza. Você realmente acredita que a criatura era um homem?

– Você devia ouvir o violino.

– Eu tenho minhas suspeitas, Jessie. – A senhora Mendham se inclinou para a frente, como quem vai cochichar.

A senhora Jehoram se serviu de bolo.

– Eu tenho certeza de que mulher alguma seria capaz de tocar violino como ouvi esta manhã.

– Claro, se você diz, assunto encerrado – afirmou a senhora Mendham.

A senhora Jehoram era a autoridade em Siddermorton em todas as questões referentes a arte, música e literatura. Seu falecido marido era um poeta amador.

– Ainda assim... – acrescentou imparcialmente a senhora Mendham.

– Saiba que estou inclinada a acreditar na história do nosso querido vigário – disse a senhora Jehoram.

– Que bom para você, Jessie – afirmou a senhora Mendham.

– Realmente não acho que ele possa ter hospedado alguém no vicariato, antes daquela tarde... Tenho certeza de que saberíamos. Não creio que um gato de rua sequer se aproxime de Siddermorton sem que a notícia chegasse a meus ouvidos. As pessoas aqui fofocam tanto que...

– Eu sempre desconfiei do vigário – revelou a senhora Mendham. – Eu o conheço.

– Sim, mas a história é plausível. Se este senhor Anjo fosse um homem muito esperto e excêntrico...

– Ele teria que ser muito excêntrico para se vestir daquele jeito. Para tudo há limite, querida.

– Mas os *kilts*... – ponderou a senhora Jehoram.

– São muito bonitos lá nas Terras Altas da Escócia.

Os olhos da senhora Jehoram se levantaram na direção de uma silhueta negra que subia o morro, entre os cereais.

– Lá vai ele, do outro lado da plantação. Tenho certeza de que é ele. Veja a corcunda. A menos que seja um homem levando um saco. Que Deus me perdoe! Minnie, tenho estes binóculos de ópera, muito convenientes para vigiar o vicariato... Sim, é o nosso homem! Como é belo!

Generosamente, ela permitiu que a dona da casa utilizasse o instrumento. Por um minuto, pairou o mais absoluto silêncio.

– A roupa dele – disse a senhora Mendham – está bastante respeitável.

– Verdade – concordou a senhora Jehoram.

Pausa.

– Ele parece incomodado.

– Está com as roupas sujas.

– Mas está andando em linha reta. Senão, alguém poderia pensar que... Com este tempo tão quente...

Outra pausa.

– Veja, querida – disse a senhora Jehoram, largando os binóculos. – O que eu estava prestes a dizer é que ele pode ser um gênio disfarçado.

– Se é que algo próximo a nada pode ser um disfarce.

– Sem dúvida foi excêntrico, mas eu já vi crianças em blusas tão pequenas que não diferem muito da dele. Há pessoas com modos de vestir tão peculiares. Um gênio pode roubar um cavalo, mas um criado não pode sequer observá-lo por cima da cerca. É bem possível que seja muito estudado e esteja rindo da nossa simplicidade. E, na verdade, o traje dele não era tão inadequado quanto os modernos trajes femininos para conduzir bicicletas. Vi um desses em um jornal ilustrado há alguns dias, o *New Budget*, eu acho. Um tanto quanto justos, sabia? Ainda sou da teoria do gênio. Principalmente após ouvi-lo tocar violino. Tenho certeza de que a criatura é alguém bastante original. Talvez, bastante divertida. Sinceramente, quero que o vigário nos apresente.

– Santo Deus! – exaltou-se a senhora Mendham.

– Estou decidida – afirmou a senhora Jehoram.

– Creio que está sendo imprudente – ponderou a senhora Mendham. – Os gênios e as pessoas desse tipo vão muito bem em Londres, mas não aqui, no vicariato.

– Vamos educar as pessoas daqui. Adoro originalidade. De qualquer maneira, quero vê-lo.

– Cuidado para não ver demais – aconselhou a senhora Mendham. – Já ouvi dizer que essa moda está mudando, que algumas pessoas importantes decidiram que não se deve mais encorajar os gênios. Os recentes escândalos...

– Apenas na literatura, querida, eu lhe garanto. Na música...

– Nada do que possa dizer vai me convencer de que o traje daquela pessoa ali não era extremamente sugestivo e inadequado – disse a senhora Mendham, saindo pela tangente.

UM INCIDENTE TRIVIAL

32

Pensativo, o Anjo contornou a cerca do lado oposto à plantação, rumo ao vicariato. Os raios do sol poente iluminavam seus ombros e tingiam o prédio de dourado, refletindo como fogo nas janelas.

Perto do portão, banhada pela luz solar, estava a pequena Delia, a criada. Ela o observava protegendo os olhos com as mãos. Subitamente, veio à mente do Anjo que ela era, no mínimo, bonita, mas também cheia de vida e calorosa.

Ela lhe abriu o portão e se afastou para o lado. Sentiu pena dele, pois sua irmã mais velha era aleijada. O Anjo se curvou para ela como teria feito a qualquer mulher e olhou para seu rosto por um breve momento. Delia devolveu o olhar e algo saltitou dentro dela.

O Anjo fez um gesto incerto.

– Você tem belos olhos – elogiou baixinho, com um discreto tom de admiração.

– Oh, senhor Anjo! – ela se espantou, recuando. A expressão do Anjo agora era de perplexidade.

Ele subiu pelo caminho entre os canteiros do vigário, e Delia ficou segurando o portão aberto, vendo-o se afastar. Apenas sob a varanda enfeitada pelas rosas foi que ele olhou para trás e a admirou.

A criada ainda olhava para ele e, depois, com um gesto estranho, deu-lhe as costas e trancou o portão, parecendo perder-se, contemplando o vale até a torre da igreja.

A TRAMA DAS COISAS

33

Na hora do jantar, o Anjo contou ao vigário os pontos altos de suas aventuras.

– O estranho – disse ele – é como vocês, seres humanos, infligem dor aos outros. Os garotos me arremessando coisas esta manhã...

– Pareciam gostar – afirmou o vigário. – Eu sei.

– Mas eles não gostam de sentir dor – ponderou o Anjo.

– Não, não gostam – concordou o vigário.

– Depois, eu vi lindas plantas com uma espiga de folhas, duas para cá e duas para lá, e, quando toquei uma delas, me causou desconforto...

– Urtiga! – afirmou o vigário.

– Uma espécie de dor completamente nova. Havia outra planta com o miolo como uma coroa, com folhas muito enfeitadas, espinhos e...

– Um cardo, provavelmente.

– E, no seu jardim, uma bela planta cheirosa...

– A rosa-mosqueta, eu me lembro – esclareceu o vigário.

– E aquela flor rosa que sai da caixa...

– Sai da caixa? – indagou o vigário.

– Na noite passada, veio subindo pelas cortinas... Chamas!

– Ah, os fósforos e as velas! – disse o vigário.

– Também vi animais. Um cão que agia de modo desagradável... Os garotos, a maneira como as pessoas falam. Todos parecem ansiosos, buscando, de qualquer maneira, causar dor...

– Ou evitá-la – explicou o vigário, puxando uma travessa para perto de si. – Claro, há disputas em todos os lugares. O mundo inteiro parece ter se tornado um campo de batalha. Somos movidos pela dor. Aqui. Isso é bem visível. O Anjo percebeu tudo já no primeiro dia!

– Mas por que todos e tudo aqui querem causar dor? – perguntou o Anjo.

– Não é assim na Terra dos Anjos? – indagou o vigário.

– Não. E por que aqui é assim? – quis saber o Anjo.

O vigário limpou lentamente os lábios no guardanapo.

– Sim – afirmou. – A dor – prosseguiu, ainda mais devagar – é a base desta vida. Sabe – disse ele, após uma pausa –, para mim é quase impossível imaginar um mundo sem dor... Entretanto, quando você tocou violino hoje cedo... Mas este mundo é diferente. Não tem nada a ver com o mundo angelical. De fato, muitas pessoas, gente boa, religiosa, ficam tão impressionadas pela universalidade da dor que pensam que, após a morte, as coisas vão ficar piores para muitos de nós. Esse ponto de vista me parece um exagero, mas é uma questão profunda. Vai quase além da nossa capacidade de discussão...

Imediatamente, o vigário partiu para um discurso improvisado sobre "necessidades": por que as coisas eram como eram, por que algo devia ser feito dessa ou daquela maneira.

– Mesmo a nossa comida – disse o vigário.

– O que tem ela? – espantou-se o Anjo.

– Ela não é obtida sem que alguém sinta dor – explicou o vigário.

O rosto do Anjo ficou tão pálido que o vigário parou subitamente de falar. Estava prestes a dar uma explicação concisa sobre as origens de uma perna de cordeiro, mas fez uma pausa.

– A propósito – disse o Anjo bruscamente. – Você teve seu cérebro arrancado como as demais pessoas?

A APRESENTAÇÃO DO ANJO

34

Quando Lady Hammergallow tomou sua decisão, as coisas aconteceram como ela quis. Embora o vigário tenha protestado, ela seguiu com sua ideia e reuniu uma plateia, o Anjo e o violino, na mansão Siddermorton, no meio da semana.

– Um gênio descoberto pelo vigário – disse ela, claramente evidenciando que qualquer culpa deveria recair sobre os ombros dele. – Nosso querido vigário me contou – disse, seguindo com maravilhosas anedotas sobre as habilidades do Anjo com o instrumento. Mas ela estava apaixonada pela ideia, pois sempre quisera ser mecenas de um talento obscuro. Até o momento, nada do que havia aparecido para ela era realmente um talento. – Seria ótimo para ele – continuou. – O cabelo já é comprido, e, com aquela cor, ficaria lindo, uma maravilha sobre o palco. As roupas do vigário ficaram tão ruins nele que já se parece com um pianista da moda. E o escândalo de seu nascimento... mantido em segredo, mas certamente cochichado, seria um grande incentivo quando chegasse em Londres.

À medida que o dia da apresentação se aproximava, o vigário se sentia pior. Passava horas tentando explicar a situação ao Anjo, imaginando o que as pessoas pensariam, como o Anjo se comportaria. Até aquele momento, o Anjo tocara apenas para seu próprio deleite. O vigário o alertava para um ou outro detalhe de etiqueta que lhe ocorria:

– É muito importante onde você coloca o seu chapéu. Não o coloque na cadeira, em hipótese alguma. Segure-o até que lhe sirvam o chá. Depois, deixe-o em algum outro lugar, entendeu?

A caminhada até a mansão Siddermorton transcorreu sem imprevistos, mas, no momento da apresentação, o vigário se sentiu tomado por terríveis sensações. Havia se esquecido de explicar como fazê-las. O ingênuo encanto do Anjo era evidente, mas nada assustador aconteceu.

– Que figura mais estranha – disse o senhor Rathbone Slater, prestando exagerada atenção aos trajes do Anjo. – Está bem desarrumado. Faltam-lhe modos. Ele riu quando me viu estender a mão, mas me cumprimentou de maneira bem elegante.

Uma desventura corriqueira ocorreu quando Lady Hammergallow o recebeu, olhando-o através dos óculos. O tamanho de seus olhos o espantou. A surpresa e a rápida tentativa de examinar o objeto ficaram evidentes. Por outro lado, o vigário o preveniu em relação à trombeta.

A incapacidade do Anjo de se sentar em qualquer coisa que não fosse um banco de musicista pareceu despertar algum interesse entre as senhoras, mas não gerou comentários. Elas apenas consideraram aquilo uma excentricidade de um profissional que acaba de surgir. O Anjo estava desatento com as xícaras e acabou derrubando os farelos de bolo. (Lembrem-se de que ainda estava aprendendo a comer.) Cruzou as pernas e começou a manusear o chapéu sem saber o que fazer com ele, após várias tentativas de atrair o olhar do vigário. A mais velha das senhoritas Papaver tentou conversar com ele sobre cigarros e balneários e acabou formando uma opinião pouco favorável à sua inteligência.

O Anjo ficou surpreso quando lhe trouxeram um cavalete e várias pautas musicais, e um tanto incomodado no início, ao ver Lady Hammergallow sentada, com a cabeça inclinada, observando-o com os olhos aumentados pelos óculos.

A senhora Jehoram se aproximou antes de ele começar a apresentação, perguntando o nome daquela maravilhosa peça que havia tocado no outro dia. O Anjo lhe respondeu que não tinha nome, que músicas não deveriam ter nomes. Questionado sobre o nome do autor, o Anjo explicou que tocara algo que saiu de sua cabeça, ao que a senhora Jehoram disse que se tratava de um gênio, parecendo genuinamente admirada. O coadjutor de Iping Hanger (um celta profissional que tocava piano e falava de pinturas e música com ar de superioridade racial) o observava com inveja.

O vigário, que no momento estava inarredavelmente acomodado ao lado de Lady Hammergallow, mantinha o olhar ansioso e fixo no Anjo, enquanto ela lhe falava detalhes dos cachês recebidos por violinistas, detalhes estes em sua maioria inventados por ela mesma. Estava um pouco incomodada com o incidente dos óculos, mas decidiu que estava no limite aceitável da originalidade.

Imagine você o Salão Verde do Parque Siddermorton; um anjo mal disfarçado com vestimentas clericais e um violino nas mãos, de pé ao lado de um piano de cauda, e um respeitável grupo de pessoas bem-vestidas. Murmúrios inquietos, até que se puderam ouvir fragmentos de comentários.

– É uma incógnita... – comentou a mais velha das senhoritas Papaver à senhora Pirbright. – Não lhe parece pitoresco e delicioso? Jessica Jehoram disse que o viu em Viena, mas não se lembra do nome. O vigário sabe tudo sobre ele, mas é tão reservado...

– Como o vigário parece encalorado e desconfortável – reparou a senhora Pirbright. – Notei assim que se sentou ao lado de Lady Hammergallow. Ela simplesmente não respeita o traje dele. E não para...

– A gravata dele está torta – percebeu a mais velha das senhoritas Papaver. – E o cabelo! Parece que nem o penteou hoje.

– Tem todo o jeito de estrangeiro. Afetado. Muito bonito para um salão – zombou George Harringay, sentando-se ao lado da mais jovem senhorita Pirbright. – Mas, da minha parte, prefiro homens másculos e mulheres delicadas. O que acha?

– Oh... eu... creio que concordo – disse a mais jovem das senhoritas Pirbright.

– Guinéus e mais guinéus – contou Lady Hammergallow. – Ouvi dizer que alguns deles têm belíssimas propriedades. Você mal acreditaria...

– Eu amo música, senhor Anjo, adoro de verdade. Ela toca algo em mim que mal posso descrever – afirmou a senhora Jehoram. – Quem disse aquele delicioso provérbio: "A vida sem música é brutalidade; a música sem vida é..." Santo Deus! Você lembra? A música sem vida é... seria Ruskin?

– Lamento muito não saber. Li pouquíssimos livros – disse o Anjo.

– Que encantador! – alegrou-se a senhora Jehoram. – Eu gostaria de não saber. Tenho enorme simpatia por você. Eu faria o mesmo, só que nós, pobres mulheres... creio que nos falta originalidade. E aqui somos levadas aos métodos mais desesperados...

– Certamente é muito bonito, mas o teste definitivo para um homem é a força – afirmou George Harringay. – O que acha?

– Oh... eu... creio que concordo – disse a mais jovem das senhoritas Pirbright.

– É o homem afeminado que gera a mulher masculinizada. Quando a glória de um homem é seu cabelo, o que resta a uma mulher fazer? E quando os homens saem por aí com as bochechas pintadas...

– Oh, George! Você está tão sarcástico hoje – comentou a mais jovem das senhoritas Pirbright. – Tenho certeza de que não é maquiagem.

– Eu não sou o tutor dele, Lady Hammergallow. É claro que é muito gentil de sua parte demonstrar tamanho interesse...

– Vai mesmo improvisar? – perguntou a senhora Jehoram, em estado de graça.

– Silêncio – pediu o coadjutor de Iping Hanger.

Então, o Anjo começou a tocar, o olhar fixo adiante, como fizera antes, pensando na Terra dos Anjos e permitindo que a tristeza que sentia fosse transformada na fantasia que estava improvisando. Quando se esquecia de que não estava só, a música saía estranha e doce; quando a percepção do ambiente chegava-lhe à mente, a música se tornava instável e grotesca. Mas o domínio que a música angelical exerce sobre o vigário era tão grande que sua ansiedade desapareceu assim que a criatura alada começou a tocar. A senhora Jehoram se sentou, tomada de intenso arrebatamento e solidariedade (embora a música fosse confusa algumas vezes), e tentou olhar nos olhos do Anjo. Ele realmente tinha um rosto com as mais suaves expressões! A senhora Jehoram era uma boa juíza. George Harringay parecia entediado, até que a mais jovem das senhoritas Pirbright, que o adorava, encostou seu delicado sapato contra sua máscula bota, fazendo-o virar o rosto para apreciar a feminilidade de seus olhos atrevidos, e ele se sentiu confortado. A mais velha das senhoritas Papaver e a senhora Pirbright sentaram-se, imóveis, e permaneceram contidas por quase quatro minutos.

A mais velha das senhoritas Papaver então sussurrou:
– Eu sempre apreciei o som do violino.
A senhora Pirbright respondeu:
– Temos música muito boa por aqui.
A senhorita Papaver acrescentou:
– Ele toca muito bem.
A senhora Pirbright exclamou:
– Que delicadeza!
A senhorita Papaver indagou:
– A Willie ainda pratica?
E assim seguiu aquela conversa cochichada.

O coadjutor de Iping Hanger sentou-se (ele achava) em um local completamente visível. Tinha uma mão em concha ao redor da orelha e os olhos fixos no pedestal que sustentava o vaso de Sèvres dos Hammergallow. Pelos movimentos dos lábios, dava uma espécie de orientação crítica a qualquer um na plateia que estivesse disposto a usufruir dela. Era sua maneira de ser generoso. Seu aspecto era o de um severo juiz, temperado por lampejos de evidente desaprovação e outros de reservada apreciação. O vigário se reclinou na cadeira, olhou fixamente para o rosto do Anjo e foi logo tomado por um sonho maravilhoso. Lady Hammergallow, com rápidos movimentos de cabeça, e um suave, mas contínuo, ranger de cadeiras, olhava em volta, tentando julgar o efeito da música angelical. O senhor Rathbone-Slater olhava solenemente para dentro de seu chapéu e parecia muito triste, e sua esposa fazia lembretes mentais das mangas do vestido da senhora Jehoram. O ar ao redor deles estava repleto de música requintada. Claro, para quem dava ouvidos a ela.

– Não me parece intenso o bastante – sussurrou Lady Hammergallow com a voz rouca, cutucando o vigário nas costelas, que despertou da Terra dos Sonhos em um sobressalto.

– Hã? – disse ele alto, assustado e se acomodando na cadeira.

– Silêncio! – pediu o coadjutor de Iping Hanger, e todos pareceram chocados com a brutal insensibilidade de Hilyer.

– Não é do feitio do vigário agir dessa maneira! – afirmou a mais velha das senhoritas Papaver.

O Anjo seguiu tocando.

O coadjutor de Iping Hanger começou a fazer movimentos encantadores com o dedo indicador e, à medida que o fazia, o senhor Rathbone-Slater murchava assustadoramente. Por fim, virou o chapéu e mudou o alvo de seu olhar. O vigário deixou o desconforto rumo à Terra dos Sonhos novamente. Lady Hammergallow estava bastante inclinada e encontrou uma maneira de fazer a cadeira estalar. Finalmente, o espetáculo chegou ao fim.

Lady Hammergallow exclamou:

– Delicioso!

Embora não tenha ouvido uma nota sequer, pôs-se a aplaudir. Naquele ponto, todos fizeram a mesma coisa, exceto o senhor Rathbone-Slater, que apenas tamborilou os dedos na aba do chapéu. O coadjutor de Iping Hanger bateu palmas, com ar julgador.

– Como eu disse (*clap, clap, clap*), se você não sabe cozinhar do meu jeito (*clap, clap, clap*), tem de ir embora – comentou a senhora Pirbright, aplaudindo vigorosamente. – Essa música é encantadora.

– Verdade. Eu sempre me divirto com música – disse a mais velha das senhoritas Papaver. – E ela melhorou depois disso?

– Nem um pouco – respondeu a senhora Pirbright.

O vigário despertou novamente e observou o salão. Será que outras pessoas tiveram as mesmas visões ou elas se limitaram apenas a ele? É óbvio que todos devem ter visto... e contido maravilhosamente suas emoções. Era inacreditável que aquela música não os tivesse tocado.

– Ele é um tanto estranho – comentou Lady Hammergallow, obtendo a atenção do vigário. – Nem se curvou ou sorriu. Deve cultivar essas excentricidades. Todos os bons artistas são um pouco assim.

– Foi você mesmo que compôs a música enquanto tocava? – indagou a senhora Jehoram, com os olhos brilhando na direção dele. – É maravilhosa, nada menos que maravilhosa!

– Um tanto amador – atestou o coadjutor de Iping Hanger ao senhor Rathbone-Slater. – Certamente um dom impressionante, mas parece carecer de prática. Há duas ou três coisinhas que eu gostaria de conversar com ele.

– As calças dele parecem acordeões – disse o senhor Rathbone-Slater. – Alguém tem de dizer isso a ele. Beiram à indecência.

– Sabe fazer imitações, senhor Anjo? – perguntou Lady Hammergallow. – Por favor, faça imitações! Eu adoro imitações.

– A apresentação dele foi fantástica – exaltou o coadjutor de Iping Hanger ao vigário de Siddermorton, agitando as mãos longas e indiscutivelmente musicais enquanto falava. – Um pouco complexa para a minha mente. Já ouvi essa música antes, mas não me lembro onde. Mas, sem dúvida, trata-se de um gênio. Embora se perca de vez em quando. Falta-lhe uma certa precisão. Há anos de disciplina pela frente.

– Eu não admiro músicas tão complicadas – disse George Harringay. – Receio que meus gostos sejam simples demais. Não consegui encontrar melodia alguma. Não há nada que eu aprecie mais do que uma música simples. Na minha opinião, estes novos tempos necessitam de melodia e simplicidade. Estamos muito longe das sutilezas. Tudo é muito rebuscado. Gosto de coisas que me façam lembrar de casa, tais como "Lar, doce lar". O que acha?

– Oh... eu... creio que concordo – disse a mais jovem das senhoritas Pirbright.

– Ora, Amy, falando com George, como de costume? – comentou a senhora Pirbright do outro lado da sala.

– Como de costume, mamãe! – respondeu a mais jovem das senhoritas Pirbright, olhando, sorridente, para a senhorita Papaver, e voltando depressa para não perder a próxima fala de George.

– Será que você e o Anjo podem fazer um dueto? – propôs Lady Hammergallow ao coadjutor de Iping Hanger, que parecia extremamente soturno.

– Tenho certeza de que vou adorar – respondeu o coadjutor, animando-se.

– Duetos! – exclamou o Anjo. – Nós dois, para ele também poder tocar. Foi o que entendi, pelo que o vigário me disse...

– O senhor Wilmerdings é um renomado pianista – interrompeu o vigário.

– Mas e as imitações? – indagou a senhora Jehoram, que detestava o senhor Wilmerdings.

– Imitações! – reagiu o Anjo.

– Um porco guinchando, um galo cantando, entende? – explicou o senhor Rathbone-Slater, cochichando em seguida: – É a coisa mais divertida para se fazer com um violino, na minha opinião.

– Eu realmente não entendo – disse o Anjo. – Um porco cantando!

– Você não gosta de imitações – solidarizou-se a senhora Jehoram. – Nem eu, na verdade. Concordo com a repulsa, creio que elas degradam...

– Talvez mais tarde o senhor Anjo aceite fazê-las – disse Lady Hammergallow, quando a senhora lhe explicou de que se tratava. Ela mal podia crer no que ouvia. Quando ela pedia imitações, estava habituada a receber imitações.

O senhor Wilmerdings sentou-se ao piano e remexeu uma pilha de partituras.

– O que acha da *Barcarola* de Spohr? – perguntou. – Você a conhece?

O Anjo parecia espantado e o pianista abriu o fólio diante do Anjo.

– Que livro mais estranho! – este se espantou. – O que significam todos esses pontos?

Nesse instante, o sangue do vigário gelou.

– Que pontos? – indagou o coadjutor.

– Esses aí! – apontou o Anjo com o dedo em riste.

– Ah, faça-me o favor! – reagiu o coadjutor.

Então, houve um daqueles silêncios breves e rápidos que tanto significam em uma reunião social.

A mais velha das senhoritas Papaver perguntou ao vigário:

– O senhor Anjo não lê... partituras?

– Nunca ouvi – disse o vigário, enrubescido pelo choque. – Na verdade, nunca vi...

O Anjo sentiu que a situação estava tensa, embora não soubesse o que gerava a tensão. Notou um hostil olhar de dúvida nos rostos que o observavam.

– Impossível! – ouviu a senhora Pirbright dizer. – Depois de tão bela música.

A mais velha das senhoritas Papaver foi ter imediatamente com Lady Hammergallow, explicando-lhe pela trombeta que o senhor Anjo não gostaria de tocar com o senhor Wilmerdings, e que alegara ignorar as notações musicais.

– Ele não lê partituras! – horrorizada, exclamou Lady Hammergallow. – Não faz sentido algum!

– Notas! – disse o Anjo, perplexo. – Então aqueles pontos são notas?

– Ele está levando a piada longe demais, simplesmente por não querer tocar com o senhor Wilmerdings – reclamou o senhor Rathbone-Slater a George Harringay.

Houve uma pausa de expectativa, então o Anjo percebeu que deveria ter se envergonhado. E de fato se envergonhou.

– Diante disso – pronunciou-se Lady Hammergallow, jogando a cabeça para trás e falando com evidente indignação, vindo à frente –, se não pode tocar com o senhor Wilmerdings, receio que não poderei pedir que volte a tocar.

E fez com que a declaração parecesse um ultimato, as mãos que seguravam os óculos tremendo de ojeriza. O Anjo já era humano o bastante para perceber o quanto estava intimidado.

– O que houve? – perguntou a pequenina Lucy Rustchuck, da fileira mais afastada.

– Ele se recusou a tocar com o velho Wilmerdings – explicou Tommy Rathbone-Slater.

– Que piada! A dona está vermelha! Ainda mais com o prestígio que ela dá para o Wilmerdings!

– Quem sabe o senhor não nos delicia com a *Polonaise* de Chopin? – sugeriu Lady Hammergallow.

Todos estavam quietos. A indignação de Lady Hammergallow gerou o mesmo silêncio que o anúncio de um terremoto. O senhor Wilmerdings percebeu que faria um excelente bem para a sociedade se começasse imediatamente – que ele receba logo estes créditos, agora que sua conta está prestes a ser liquidada –, e assim o fez.

– Se um homem pretende praticar uma arte – afirmou George Harringay –, deve ao menos ter a consciência de estudar seus componentes. O que você...

– Oh! Eu concordo – disse a mais jovem das senhoritas Pirbright.

O vigário sentiu os céus desabarem. Sentou-se encolhido na cadeira, um homem em frangalhos. Lady Hammergallow se acomodou perto dele, aparentemente sem vê-lo. Ela respirava ofegantemente, mas o semblante estava sereno. Todos se sentaram. Seria o Anjo grosseiramente ignorante ou apenas grosseiramente impertinente? O Anjo estava vagamente ciente de que, de alguma estranha forma, deixara de ser o centro daquela reunião. Viu o olhar de desesperada censura do vigário, afastou-se lentamente em direção à janela e se acomodou no banco mouro octogonal ao lado da senhora Jehoram. Sob aquelas circunstâncias, deu ainda mais valor ao seu sorriso amável e largou o violino ao lado da janela.

35

A senhora Jehoram e o Anjo ouviam o senhor Wilmerdings tocar.

– Esperei tanto para ter uma palavra a sós com você – disse a senhora Jehoram em voz baixa. – Para dizer como foi prazeroso vê-lo tocar.

– Que bom que gostou – agradeceu o Anjo.

– Gostei é pouco. Eu fiquei profundamente emocionada. Os outros não compreenderam... Estou feliz por você não tocar com ele.

O Anjo olhou para o mecanismo chamado Wilmerdings e também ficou feliz. O conceito angelical de duetos é uma forma de diálogo entre violinos. Mas não falou nada.

– Eu tenho adoração por música – explicou a senhora Jehoram. – Tecnicamente falando, não conheço nada, mas há algo nela... uma saudade, um desejo...

O Anjo a olhou nos olhos, ao que ela correspondeu.

– Você entende – disse ela. – Eu vejo que entende. – Ele era um ótimo garoto, talvez sentimentalmente precoce, com olhos deliciosamente líquidos.

Houve um intervalo de Chopin (*Opus 40*) tocado com imensa precisão.

A senhora Jehoram tinha um rosto doce. À sombra, com a luz iluminando seu cabelo dourado, uma teoria curiosa passou pela mente do Anjo. O pó perceptível apenas dava suporte à sua visão de algo infinitamente brilhante e adorável, porém contido, manchado, áspero, recoberto.

Em voz baixa, o Anjo decidiu indagar-lhe:

– Você está... separada... do seu mundo?

– Como você? – ela sussurrou de volta.

– Aqui é tão frio! – queixou-se o Anjo. – Tão desagradável! – disse, referindo-se ao mundo de modo geral.

– Eu sinto o mesmo – concordou a senhora Jehoram, falando da mansão Siddermorton. Fez uma pausa, então continuou: – Existem pessoas que não conseguem viver sem compaixão. E pessoas que se sentem sós no mundo. Lutando contra tudo. Rindo, flertando, escondendo a dor...

– Mas com esperança – completou o Anjo com um olhar maravilhoso. – Sim.

A senhora Jehoram, que era uma apreciadora do flerte, teve a sensação de que o Anjo era ainda mais do que prometia sua aparência. Era indiscutível que ele a adorava.

– Você procura compaixão? – indagou ela. – Ou já a encontrou?

– Eu acredito – disse o Anjo muito suavemente, inclinando-se para a frente – que já a encontrei.

Intervalo de Chopin *Opus 40*. A mais velha das senhoritas Papaver e a senhora Pirbright conversam. Lady Hammergallow, com os óculos, olha para o salão com uma expressão nada amigável para o Anjo. A senhora Jehoram e o Anjo trocam olhares profundos e significativos.

– Ela se chama... – disse o Anjo, e a senhora Jehoram fez um movimento – Delia. Ela é...

– Delia? – reagiu a senhora Jehoram, lentamente percebendo um terrível engano. – Que belo nome! Mas... não! Não seria a jovem criada do vicariato?

A *Polonaise* terminou com um floreado. O Anjo estava bastante surpreso com a mudança de expressão da senhora Jehoram.

– Jamais pude imaginar! – afirmou ela, recuperada. – Eu, confidente de uma intriga envolvendo uma criada! O senhor me parece original até demais, senhor Anjo...

Subitamente, a conversa dos dois foi interrompida.

36

Este trecho (até onde minha memória alcança) é o mais curto do livro. Mas a enormidade da ofensa precisa separar este dos demais trechos.

Você há de entender, caro leitor, que o vigário havia feito seu melhor para incutir no Anjo as reconhecidas características que definem um cavalheiro.

– Jamais permita que uma mulher carregue o que for – disse o vigário. – Peça permissão e alivie sua carga. Permaneça de pé até que todas as senhoras estejam sentadas. Sempre abra a porta para uma dama. – E assim por diante. Todo homem com irmãs mais velhas conhece esse código.

E o Anjo, que não conseguiu aliviar Lady Hammergallow de sua xícara de chá, lançou-se à frente com impressionante destreza, deixando a senhora Jehoram no assento à janela, e, com um elegante "Permita-me", resgatou a bandeja de chá da bela camareira de Lady Hammergallow e lhe ofereceu passagem. O vigário ficou de pé, gritando algo sem sentido.

37

– Ele está bêbado! – afirmou o senhor Rathbone-Slater, quebrando um terrível silêncio. – O problema dele é esse.

A senhora Jehoram riu descontroladamente.

O vigário ficou imóvel, observando tudo com atenção.

– Esqueci de lhe explicar sobre os serviçais! – reclamou o vigário consigo mesmo, em um ligeiro surto de remorso. – Achei que ele compreendia os empregados.

– Francamente, senhor Hilyer! – ralhou Lady Hammergallow, claramente exercitando seu autocontrole com todas as forças e falando em espasmos ofegantes. – Senhor Hilyer, seu gênio é terrível. Sou obrigada a lhe pedir que o leve para casa.

Assim, em meio ao diálogo no corredor entre a alarmada criada e o bem-intencionado, mas espantosamente esquisito, Anjo, o vigário surgiu, com sua cara rechonchuda bastante corada e com falta de ar, os olhos cheios de desespero e a gravata sob a orelha esquerda.

– Venha, vamos embora – pediu ele, contendo a emoção. – Eu... estou desgraçado para sempre.

O Anjo olhou para ele por um segundo e obedeceu, submisso, vendo-se diante de forças desconhecidas, mas evidentemente terríveis.

Assim começou e terminou a carreira do Anjo na sociedade.

Na infeliz reunião que se seguiu, Lady Hammergallow assumiu informalmente a presidência.

– Eu me senti humilhada – queixou-se. – O vigário me garantiu que se tratava de um exímio musicista. Jamais imaginei...

– Ele estava bêbado – afirmou o senhor Rathbone-Slater. – Podia-se notar pela maneira como se atrapalhou com o chá.

– Que fiasco! – comentou a senhora Mergle.

– O vigário me garantiu – explicou Lady Hammergallow – que o homem hospedado no vicariato era um gênio da música! Disse-me com essas palavras!

– As orelhas dele devem estar pegando fogo agora – especulou Tommy Rathbone-Slater.

– Eu tentei mantê-lo quieto – justificou-se a senhora Jehoram –, tentei lhe agradar... Se vocês soubessem as coisas que ele me disse!

– Aquilo que ele tocou – comentou o senhor Wilmerdings –, devo confessar que não queria dizê-lo na cara, mas não passava de mera divagação...

– Ele estava apenas brincando com o violino, não é? – disse George Harringay. – Eu achei mesmo que estava além da minha compreensão. Sua música é que me parece...

– Oh, George! – exclamou a mais jovem das senhoritas Pirbright.

– O vigário também bebeu, a julgar pela gravata – observou o senhor Rathbone-Slater. – Acho que passou da conta. Viram como ele correu atrás do gênio?

– É bom tomar cuidado – recomendou a mais velha das senhoritas Papaver.

– Ele me disse que estava apaixonado pela criada do vigário! – afirmou a senhora Jehoram. – Eu quase gargalhei.

– O vigário jamais deveria tê-lo trazido aqui – afirmou a senhora Rathbone-Slater, decidida.

O PROBLEMA COM O ARAME FARPADO

38

Assim, ingloriamente, termina a primeira e última aparição social do Anjo. O vigário e seu pupilo retornaram ao vicariato. Eram duas figuras escuras, prostradas sob a luz brilhante do sol, caminhando, abatidas. O Anjo, profundamente pesaroso pela dor do vigário. O vigário, desgrenhado e desesperançoso, intercalando expressões de remorso e apreensão com explicações incompletas sobre regras de etiqueta.

– Eles não entendem – repetia o vigário sem parar. – Todos se sentiram extremamente ultrajados. Não sei o que dizer. É tudo tão confuso e embaraçoso.

No portão do vicariato, no mesmo ponto em que Delia pareceu ser bela, Horrocks, o policial do vilarejo, os esperava. Segurava um rolo com alguns metros de arame farpado.

– Boa noite, Horrocks! – disse o vigário ao policial, que mantinha o portão aberto.

– Boa noite, senhor! – cumprimentou Horrocks, acrescentando, em tom de mistério: – Posso falar com o senhor um minuto?

– Mas é claro – afirmou o vigário.

O Anjo caminhou pensativo até a casa e, ao encontrar Delia na sala, pediu que ficasse e perguntou tudo o que pôde sobre as diferenças entre criadas e damas.

– Perdoe-me por tomar essa liberdade, senhor, mas há um problema envolvendo o aleijado que está hospedado aqui – explicou o policial.

– Por Deus! – rogou o vigário. – Não me diga uma coisa dessas.

– Sir John Gotch... está de fato muito aborrecido. O linguajar dele, senhor... Eu achei por bem vir lhe falar. Ele quer apresentar uma denúncia sobre o que significa este arame farpado. Está muito decidido, senhor.

– Sir John Gotch! – exclamou o vigário. – Denúncia? Não estou entendendo.

– Ele me pediu para descobrir quem fez isto. Claro que tenho que fazer meu serviço, senhor. Este, certamente desagradável.

– Arame farpado? Serviço? Não estou entendendo nada do que está dizendo, Horrocks!

– Receio que não haja como negar as provas. Eu investiguei minuciosamente.

Então, o policial começou a contar ao vigário sobre a mais recente e terrível transgressão cometida pelo visitante angelical.

Não precisamos acompanhar a explicação em detalhes ou a posterior confissão. (Da minha parte, creio que nada é mais entediante que um diálogo.) Aquilo deu ao vigário uma nova visão do Anjo, uma visão de indignação angelical. Um caminho à sombra, salpicado de sol, ladeado por cercas de ervilhacas e madressilvas, e uma garotinha colhendo flores, sem perceber o arame farpado que, ao longo de toda a estrada para Sidderford, cercava a dignidade de Sir John Gotch das demarcações e multidões de modo geral. De repente, uma mão cortada, um grito de dor, e o Anjo aparece, solidário, confortando e fazendo perguntas. Explicações entre soluços, e um fenômeno absolutamente novo na carreira do Anjo: a emoção intensa. Em um acesso de fúria, ele atacou o arame farpado de Sir John Gotch, temerariamente cortado, retorcido e arrebentado. Mas o Anjo agiu sem malícia, apenas viu naquela coisa uma planta horrível que se imiscuiu entre as outras. Finalmente, as explicações do Anjo deram ao vigário uma ideia da criatura alada em meio à destruição, tremendo e assustado com a súbita força que surgiu dentro dele e o fez atacar e cortar o arame. O sangue rubro que corria por seus dedos também o espantou.

– Foi ainda mais horrível – afirmou o Anjo quando o vigário explicou a natureza artificial do objeto. – Se eu tivesse visto o homem que colocou essa coisa cruel para machucar as crianças, eu faria com que ele sentisse dor. Nunca senti isso antes. Estou me contaminando com as cores deste mundo. E pensar, também, que vocês, humanos, podem ser tão estúpidos a ponto de ter leis que permitem que uma pessoa cometa tais atrocidades. Já sei que você vai me dizer que é assim mesmo. Por alguma razão antiga. Isso é algo que me deixa ainda mais furioso. Por que não deixam que um ato se apoie em seus próprios méritos, como acontece na Terra dos Anjos?

Aquele foi o incidente cuja história o vigário foi aprendendo aos poucos, obtendo uma linha temporal com Horrocks e as cores e emoções do Anjo. Tudo ocorrera na véspera da apresentação na mansão Siddermorton.

– Você já contou a Sir John quem fez isso? – perguntou o vigário. – Pode afirmar o que aconteceu?

– Certamente, senhor. Não há dúvida de que foi seu hóspede. Eu ainda não contei nada a Sir John, mas terei de fazê-lo ainda esta noite. Sem querer ofendê-lo, espero que entenda que é meu dever e, além do mais...

– É claro que é seu dever – interrompeu o vigário. – O que acha que Sir John vai fazer?

– Ele está furioso com a pessoa que destruiu sua propriedade e está disposto a acertar as contas na pancada.

Pausa. Horrocks fez um movimento. O vigário, com a gravata já quase nas costas, algo incomum para ele, olhou estupefato para o chão.

– Achei que deveria contar ao senhor – justificou-se o policial.

– Sim. Muito obrigado, Horrocks! – agradeceu o vigário, coçando a cabeça. – Você... acho que é a melhor maneira de... tem certeza de que foi o senhor Anjo?

– Nem Sherlock Holmes teria tanta certeza.

– Então, peço que entregue um pequeno recado para Sir John Gotch.

39

Após o Anjo contar ao vigário tudo o que houve, a conversa durante o jantar transcorreu cheia de explicações tristes sobre prisões e loucuras.

– É muito tarde para dizer a verdade sobre você – disse o vigário. – Além disso, é impossível. Eu realmente não sei o que dizer. Temos de enfrentar as circunstâncias, creio eu. Estou indeciso, dividido. Essa coisa de dois mundos. Se a sua Terra dos Anjos for apenas um sonho, ou se este mundo aqui for um sonho, ou ainda mesmo se eu pudesse acreditar em um ou ambos os sonhos, por mim, tudo bem. Mas estou diante de um Anjo de verdade e de exigências reais, que não sei como conciliar. Preciso conversar com Gotch, mas ele não vai entender... Ninguém vai...

– Receio estar lhe causando um terrível inconveniente. Minha abominável ignorância do que é este mundo...

– Não é você – o vigário o corrigiu. – Noto que você trouxe algo belo e estranho para a minha vida. Não é você, sou eu. Se eu tivesse mais fé em um sentido ou outro! Se eu pudesse acreditar completamente neste mundo e classificar você como um fenômeno anormal, como fez Crump. Mas não. Terráqueo angelical, Anjo terráqueo... é uma gangorra. Além disso, Gotch sabe ser, e muito, desagradável. Ele sempre é. Isso me coloca nas mãos dele. Péssima influência moral, conheço bem. Bebe. Joga. E coisa pior. Mas "dai a César o que é de César". E ele é contrário à separação entre Igreja e Estado. – Então se voltou para o colapso social daquela tarde. – Você é muito importante, sabia? – repetiu várias vezes.

O Anjo foi para seu quarto ainda confuso e bastante deprimido. O mundo o rejeitara desde o início, assim como a seus modos angelicais. Ele percebia como o problema atingia o vigário, mas não fazia ideia de como evitar. Era tudo tão estranho e sem sentido. Por duas vezes lhe atiraram coisas.

Ao encontrar o violino sobre a cama, onde se deitara antes do jantar, o Anjo começou a tocar para buscar algum conforto. Mas, desta vez, não tocou uma visão deliciosa da Terra dos Anjos. A dureza do mundo entrava em sua alma. Por uma semana, conhecera apenas dor e rejeição, ódio e desconfiança, e um inédito espírito de revolta crescia em seu coração. Tocou uma melodia ainda doce e suave quanto a Terra dos Anjos, mas agora carregada com uma nova nota, a da angústia humana e do esforço, na direção de algo como a resistência, desaparecendo em um lamento triste. Tocou baixinho, para encontrar paz para si, mas o vigário ouviu, e todas as suas preocupações foram engolidas com uma turva melancolia. Além do vigário, o Anjo tinha outro par de ouvidos atento à música, e nem ele nem o vigário poderiam imaginar quem era.

DELIA

40

 Ela estava a apenas quatro ou cinco metros do Anjo, no sótão, de frente para o Oeste. A janela em losango de seu pequeno quarto estava aberta. Ela se ajoelhou sobre uma caixa pintada de branco, apoiando o queixo sobre as mãos e os cotovelos no parapeito. A lua nova pairava sobre os pinheiros, e sua luz, pálida e fria, repousava sobre o mundo adormecido. Seu clarão chegou ao rosto muito alvo e descobriu novas profundezas nos olhos sonhadores. Os lábios delicados se afastaram, revelando os dentes brancos.
 Delia pensava vaga e maravilhosamente, como fazem as garotas. Mais sentimentos do que pensamentos. Nuvens de emoção bela e translúcida atravessaram o céu límpido de sua mente, assumindo formas que se metamorfoseavam e esvaneciam. Ela possuía toda aquela delicadeza emocional fantástica, o sutil e requintado desejo pelo autossacrifício que só existe no coração de uma garota, geralmente pisoteado pelos humores brutos e sombrios da vida cotidiana e enterrado sem nenhum remorso, como faz o lavrador com o trevo que brota no solo. Ela simplesmente observava a tranquilidade do luar antes do Anjo começar a tocar, mas,

subitamente, aquela beleza prateada e silenciosa foi inundada por uma linda música.

Ela não se moveu, mas seus lábios se fecharam e seu olhar ficou ainda mais doce. Pensou na estranha glória que repentinamente pareceu emanar do corcunda, quando este parou para falar com ela ao entardecer; naquilo e em outra dezena de outros olhares, até que, por acaso, ele tocou sua mão. Naquela tarde, ele conversou com ela, fez perguntas esquisitas. Agora, a música parecia trazer o rosto dele diante dela, seu olhar prestativo analisando seus olhos, seu interior, o íntimo de sua alma. O Anjo parecia agora falar diretamente com ela, da solidão e dos problemas que o afligiam. Como uma criada poderia ajudá-lo, um jovem cavalheiro de voz tão suave, gentil e que tocava tão delicadamente? A música era tão doce e pungente, chegava tão perto do coração que lágrimas desceram por seu rosto.

Como Crump diria a você, as pessoas não fazem aquele tipo de coisa a não ser que haja algo errado com seu sistema nervoso. Mas, do ponto de vista científico, estar apaixonado é uma condição patológica.

Estou dolorosamente ciente da natureza censurável de minha história neste ponto. Cheguei a pensar em perverter voluntariamente a verdade para agradar ao senhor leitor. Mas não pude. A história é forte demais. Eu a escrevo conscientemente. Delia tem de permanecer o que é: uma criada. Eu sei que dar a uma criada, pelo menos a uma criada inglesa, os sentimentos refinados de um ser humano, apresentá-la como alguém que diz frases inteiras, e não uma profusão de ruídos, me coloca fora do panteão dos escritores respeitáveis. A associação com os serviçais, mesmo que em pensamento, é perigosa nos dias de hoje. Posso apenas alegar, ainda que em vão, que Delia é uma excelente criada. Possivelmente, se pesquisarem, descobrirão que ela tem alguma ascendência na classe média-alta, segundo suas características. E talvez isto me dê algum crédito. Prometo que em uma obra futura, equilibrarei as coisas, e o paciente leitor voltará a ter o enredo reconhecível, com uma personagem de pés e mãos abrutalhados, que não faz uso de bela gramática, sem rosto (apenas as moças de classe média têm esse direito, uma vez que um rosto está além das possibilidades financeiras de uma criada), uma franja (por consenso) e um ânimo para abrir mão de sua autoestima em troca de algumas moedas. Isso é o que se espera de uma criada inglesa, uma típica mulher inglesa, sem dinheiro nem instrução, como é retratada nas obras contemporâneas. Mas Delia era diferente. Posso apenas lamentar a circunstância, que estava completamente fora do meu controle.

O DOUTOR CRUMP TOMA UMA ATITUDE

41

No início da manhã seguinte, o Anjo desceu até o vilarejo e, pulando a cerca, adentrou os caniços altos que cercam o Rio Sidder. Caminhou na direção da Baía de Bandram para ver o mar de perto, o que só ocorria em dias claros e da parte mais alta do Parque Siddemorton. Repentinamente se deparou com Crump, que fumava, sentado em um tronco. (Crump sempre fumava exatamente sessenta gramas por semana, sempre a céu aberto.)

– Olá! – saudou Crump, em seu tom mais saudável. – Como está sua asa?

– Muito bem – disse o Anjo. – A dor se foi.

– Suponho que você sabe que está invadindo, não sabe?

– Invadindo! – reagiu o Anjo.

– Imagino que não saiba do que se trata – ponderou Crump.

– Não sei – respondeu o Anjo.

– Tenho que lhe dar os parabéns. Não sei por quanto tempo vai manter a farsa, mas está indo muito bem. No início, achei que fosse um matoide, mas você é incrivelmente consistente. Sua atitude de completa ignorância dos fatos básicos da vida é uma postura muito divertida. Às vezes, escorrega, mas é muito raro. Nós dois certamente nos compreendemos muito bem. – Sorriu. – Você seria capaz de vencer Sherlock Holmes. Eu me pergunto quem você realmente é.

O Anjo sorriu de volta, com as sobrancelhas erguidas e as mãos esticadas.

– É impossível você saber quem eu sou. Seus olhos são cegos, suas orelhas são surdas e sua alma é escura diante de tudo de maravilhoso que há em mim. Não é bom que saiba que eu caí no seu mundo.

O médico agitou o cachimbo.

– Não me venha com essa. Eu não quero me intrometer se você tem razões para manter segredos, mas eu gostaria que levasse em conta o estado mental de Hilyer. Ele realmente acredita na sua história.

O Anjo encolheu o que lhe restava das asas.

– Você não o conhecia antes disso. Ele mudou imensamente. Era tranquilo e objetivo. De duas semanas para cá, anda confuso, com o olhar distante. No último domingo, rezou a missa sem usar abotoaduras, com a gravata desalinhada, e usou como tema para o sermão "olhos que não veem e orelhas que não ouvem". Ele acredita mesmo nessa coisa sem sentido de Terra dos Anjos. O homem está obcecado!

– Você analisa as coisas do seu ponto de vista – disse o Anjo.

– Todos devem fazê-lo. Em algum nível, acho bastante lamentável ver esse velho amigo hipnotizado, e você certamente o hipnotizou. Não sei de onde você veio nem quem é, mas que fique claro que não vou deixar que o vigário continue sendo feito de bobo.

– Mas ele não está sendo feito de bobo. Está só sonhando com um mundo além do conhecimento dele...

– Eu não engulo isso! – reagiu Crump. – Não sou ingênuo. Das duas uma: ou você é completamente maluco, coisa que eu não acredito, ou um canalha. Não há outra possibilidade. Creio que conheço um pouco do mundo, seja lá o que eu possa vir a conhecer do seu. Muito bem, se não deixar Hilyer em paz, eu vou à polícia, para que o prendam na cadeia ou o internem em um hospício. É um exagero, mas juro que apronto seu diagnóstico de insanidade amanhã mesmo para tê-lo fora daqui. Você sabe que não se trata apenas do vigário. Espero que esteja claro. O que tem a dizer?

Fingindo estar calmo, o médico pegou o canivete e começou a raspar o interior do cachimbo, que se apagara durante a conversa.

Por um momento, ninguém falou. O Anjo olhou para ele com o rosto cada vez mais pálido. O médico tirou um pedaço de tabaco do cachimbo e o jogou fora, fechou o canivete e o guardou no bolso do colete. Não queria ser tão enfático, mas sempre se inflamava nos discursos.

– Cadeia! – exclamou o Anjo. – Hospício! Deixe-me ver. – E relembrou a explicação do vigário. – Não, isso não! – Ele se aproximou de Crump com os olhos arregalados e as mãos espalmadas.

– Eu sabia que uma hora você entenderia o que significam essas palavras. Sente-se – disse Crump, indicando o tronco ao lado dele com um movimento de cabeça.

Tremendo, o Anjo se sentou e olhou fixamente para o médico.

Crump pegou sua maleta.

– Você é um homem estranho – comentou o Anjo. – Suas crenças são como anilhas de aço.

– Sim, são – afirmou Crump, lisonjeado.

– Mas eu lhe garanto que não sei nada, ou ao menos não me lembro de nada que pudesse saber deste mundo antes de me ver na escuridão da noite naquela charneca acima de Sidderford.

– Onde aprendeu nossa língua?

– Eu não sei. Mas posso afirmar que não tenho um átomo sequer da prova que pode convencê-lo.

– E você acredita mesmo – indagou Crump, voltando-se para ele e olhando-o nos olhos – que estava eternamente em uma espécie de paraíso celestial antes disso?

– Sim, acredito – respondeu o Anjo.

– Bobagem! – resmungou Crump, acendendo o cachimbo. Ele se sentou, fumou com os cotovelos apoiados nos joelhos, e o Anjo também se sentou e o observou. Até que seu semblante serenou. – É possível – disse mais para si do que para o Anjo, e voltou a se calar. – Veja bem – começou, após um momento. – Existe algo chamado dupla personalidade... Um homem pode se esquecer de quem é e começar a achar que é outra pessoa. Ele deixa sua casa, seus amigos e tudo o mais, e leva uma vida dupla. Li um caso assim na revista *Nature* há um mês, mais ou menos. O homem por vezes era destro e inglês, por outras, canhoto e galês. Quando assumia a personalidade de um homem inglês, nada sabia de galês e vice-versa. Hummm... – Com um movimento brusco e acreditando reavivar alguma lembrança latente da mocidade do Anjo, voltou-se para ele e perguntou: – E quanto a sua casa? Papai, papaizinho, pai, mamãezinha, mamãe, mãe... nada? Do que está rindo?

– Nada – negou o Anjo. – Você me pegou de surpresa. Só isso. Há uma semana, eu teria ficado confuso com essas palavras.

Por um minuto, Crump apenas olhou de soslaio para o Anjo, sem dizer nada.

– Você tem um rosto tão ingênuo. Quase me obriga a acreditar no que diz. Tenho certeza de que não é um lunático qualquer. A não ser pelo isolamento do passado, sua mente me parece bem equilibrada. Eu gostaria que estudiosos como Nordau, Lombroso ou qualquer alienista do Hospital da Salpêtrière pudessem examiná-lo. Por aqui, não temos muita experiência em doenças mentais. Há idiotas que não passam de idiotas e todo o resto é gente perfeitamente sã.

– Talvez isso explique o comportamento deles – ponderou o Anjo, pensativo.

– Mas considere sua posição aqui – pediu Crump, ignorando o comentário. – Eu realmente o considero uma má influência para este lugar. Essas extravagâncias são contagiosas. Não ocorre apenas com o vigário. Há um homem chamado Shine que foi influenciado e está bêbado há uma semana e quer brigar com qualquer um que diga que você não é um anjo. Soube de outro homem em Sidderford que foi tomado por uma mania religiosa parecida. Essas coisas se espalham. Deveria haver uma quarentena para ideias maliciosas. Tem um outro caso...

– E o que eu faço? – indagou o Anjo. – Suponha que eu esteja agindo maliciosamente... Mesmo que sem intenção...

– Você pode deixar nosso vilarejo – respondeu Crump.
– Mas eu teria de ir a outro.
– Isso não é problema meu. Vá para onde quiser, mas vá. Deixe em paz o vigário, Shine e a criada, que estão com a cabeça girando no Mundo dos Anjos...
– Mas... – começou o Anjo. – Encarar o seu mundo? Eu não consigo! E deixar Delia! Não compreendo... Não sei como adquirir coisas como trabalho, comida e abrigo. E tenho cada vez mais medo dos seres humanos...
– Fantasias, fantasias – reagiu Crump, observando-o. – Não adianta eu ficar aqui, insistindo em incomodá-lo. Mas, do modo como está agora, a situação está insustentável. – E se levantou bruscamente. – Tenha um bom dia, senhor Anjo. A verdade é que, como médico desta paróquia, eu o considero uma influência nada saudável. Não podemos conviver com você. Terá de partir.

O médico se virou e desceu o gramado até a estrada, deixando o Anjo desconsolado, sentado no tronco.

– Influência nada saudável – afirmou o Anjo lentamente, olhando para a frente e tentando entender o que aquilo significava.

SIR JOHN GOTCH TOMA UMA ATITUDE

42

Sir John Gotch era um homem baixo com cabelos desgrenhados, de nariz pequeno e estreito e rosto enrugado, que usava chicote e polainas marrons.

– Pois então, eu vim – disse ele enquanto a senhora Hinijer fechava a porta.

– Muito obrigado – respondeu o vigário. – Eu lhe agradeço muitíssimo!

– Fico feliz em poder ajudar – afirmou Sir John Gotch, com um tom de voz severo.

– O problema – explicou o vigário – com esse infortúnio do arame farpado... foi realmente...um infortúnio.

Com um tom de voz ainda mais severo, Sir John respondeu:

– De fato, foi um infortúnio.

– O senhor Anjo é meu hóspede e...

– Não havia motivo para ele cortar a minha cerca – afirmou Sir John, rispidamente.

– Não, nenhum.

– Permita-me perguntar: quem é este senhor Anjo? – indagou Sir John abruptamente, como se fosse algo premeditado.

O vigário levou a mão ao queixo. Que bem lhe faria discutir sobre castas angelicais com tal senhor?

– Para ser bem sincero, há um pequeno segredo... – disse o vigário.

– Lady Hammergallow me falou sobre o assunto.

O rosto do vigário ficou ruborizado.

– O senhor sabe – disse Sir John, quase sem parar – que ele anda pregando sobre socialismo no vilarejo?

– Santo Deus! – reagiu o vigário. – Não pode ser!

– Pois é isso mesmo. Para todos os camponeses com quem se depara, ele lhes pergunta por que trabalham, enquanto nós, eu e você, nada fazemos. Anda dizendo que temos de educar todas as pessoas até o nosso nível, meu e seu, sem mexer em seus pagamentos. Sugere também que nós, eu e você, as humilhamos.

– Céus! – exclamou o vigário. – Eu não fazia ideia.

– Ele cortou esse arame como uma forma de protesto socialista. Se não o impedirmos rapidamente, e de uma vez por todas, ele logo derrubará as cercas em Flinders Lane e depois ateará fogo nas colheitas até acabar com todas as malditas... perdoe-me a expressão... com todas as benditas coisas de valor desta paróquia. Eu conheço esses...

– Um socialista – espantou-se o vigário. – Eu não imaginava.

– Entende por que eu pretendo agir logo contra ele, embora ele seja seu hóspede? Parece-me que ele está se aproveitando da sua paternal...

– Não há nada de paternal – explicou o vigário. – Sinceramente...

– Perdoe-me, vigário, foi um deslize. Da sua gentileza, para aprontar seus malfeitos por aí, colocando uma classe contra a outra, os pobres contra seu pão de cada dia.

O vigário coçou novamente o queixo.

– Restam duas opções – determinou Sir John. – Ou ele deixa a paróquia ou terei de processá-lo. E ponto-final.

O vigário ficou boquiaberto.

– Esta é minha posição – reiterou ele, levantando-se. – Se não fosse por você, eu o processaria imediatamente. Diga-me. Devo fazê-lo ou não?

– Veja bem – ponderou o vigário, terrivelmente perplexo.

– Pois não?

– Podemos chegar a uma solução.

– Ele é um preguiçoso criador de casos... Conheço o tipo. Mas eu lhe darei uma semana...

– Obrigado – disse o vigário. – Eu entendo sua posição e percebo como a situação está passando dos limites toleráveis...

– Desculpe-me incomodá-lo – justificou-se Sir John.

– Uma semana – disse o vigário.

– Uma semana – repetiu Sir John e partiu.

Após acompanhar Sir John até a porta, o vigário voltou e permaneceu no escritório por um longo tempo, sentado diante da escrivaninha, imerso em pensamentos.

– Uma semana – disse ele, após um imenso silêncio. – Eis um Anjo, um glorioso Anjo, que avivou minha alma para a beleza e o prazer, que abriu meus olhos para o País das Maravilhas, e a algo ainda maior que o País das Maravilhas, e acabo de prometer que me livrarei dele em uma semana! De que nós, humanos, somos feitos? Como vou dizer algo assim a ele?

Andando de um lado para o outro, foi à sala de jantar e observou as plantações. A mesa já estava posta para o almoço. Ainda sonhando, se virou e se serviu de um cálice de xerez.

O PENHASCO À BEIRA-MAR

43

O Anjo deitou-se de bruços sobre o penhasco acima da Baía de Bandram e observou o mar brilhante. Imediatamente abaixo de seus cotovelos, o penhasco descia cento e cinquenta metros em linha reta, e as aves marinhas planavam e se entrelaçavam abaixo dele. A parte superior do penhasco era de uma rocha calcária esverdeada, os dois terços inferiores avermelhados, marmoreados com gipsita e uma meia dúzia de pontos de onde jorrava água, que escorria em extensas cascatas pela encosta. As ondas se desmanchavam em montes de espuma sobre as pedras na praia, e, mais além, onde a imponente sombra se projetava, a água era verde e púrpura, marcada com rajadas e pontos de espuma. O ar estava repleto de luz solar, do ruído das cachoeiras e do sussurro do mar. Vez ou outra, uma borboleta sobrevoava a encosta e uma multidão de pássaros marinhos pousava nas rochas ou voava em todas as direções.

Deitado com as asas atrofiadas encolhidas sobre as costas, o Anjo observava gaivotas, gralhos e cornelhas em círculos sob o sol, que planavam, ora mergulhando no mar ou alçando voo até o azul do céu. O Anjo ficou ali por muito tempo, vendo-os ir e vir com as asas abertas. De tanto observá-los, lembrou-se com enorme saudade dos rios de luz estelar e da doçura da terra de onde viera. Uma gaivota se aproximou, veloz e tranquila, com as amplas asas estendidas contra o azul. De repente, uma sombra cobriu os olhos do Anjo e o sol os deixou. Pensou em suas penas mutiladas, cobriu o rosto com o braço e chorou.

Uma mulher que passava pelo penhasco viu um vulto corcunda vestido com as roupas do vigário de Siddermorton, deitado de bruços com a cabeça entre os braços. Olhou para ele e murmurou:

– O tolo pegou no sono.

Embora tivesse uma grande cesta nos braços, foi em sua direção para despertá-lo. Porém, ao se aproximar, viu o movimento dos ombros e ouviu seu choro.

Ficou imóvel um minuto e suas feições esboçaram um sorriso. Em seguida, retomou lentamente seu caminho.

– É difícil saber o que dizer. Pobre alma sofrida! – comentou ela.

O Anjo havia parado de chorar e olhava para a praia lá embaixo com o rosto marcado pelas lágrimas.

– Este mundo me amarra e me engole. Minhas asas estão cada vez mais murchas e sem serventia. Logo não vou passar de um aleijado, vou envelhecer, me curvar diante da dor e morrer... Sou um desgraçado. E estou sozinho.

Então, descansou o rosto sobre as mãos à beira do penhasco e pensou no rosto de Delia, nos olhos iluminados da criada. Sentiu um ímpeto curioso de ir até ela e lhe contar sobre suas tristes asas, envolvê-la nos braços e chorar sua terra perdida.

– Delia! – murmurou baixinho.

Nesse momento uma nuvem se aproximou, cobrindo o sol.

A SENHORA HINIJER TOMA UMA ATITUDE

44

A senhora Hinijer surpreendeu o vigário ao bater à porta do escritório após o chá.

– Perdoe meu atrevimento, mas posso falar com o senhor um momento? – pediu ela.

– Mas é claro, senhora Hinijer – concordou o vigário, sem fazer a mínima ideia do que estava por vir. Ele tinha uma carta nas mãos, muito estranha e desagradável, escrita pelo bispo, uma carta que o incomodou e irritou bastante, criticando com palavras duras o convidado que hospedava em sua casa. Apenas um bispo popular em uma era democrática, um bispo que era quase um pedagogo, poderia ter escrito tal missiva.

A senhora Hinijer tossia e lutava com uma certa falta de ar. O vigário ficou apreensivo. Geralmente, no início das conversas, ele é quem ficava mais desconcertado. Invariavelmente, o mesmo ocorria no fim.

– Pois não? – disse ele.

– Seria muita intromissão perguntar quando o senhor Anjo vai partir? (*Cof*)

O vigário se espantou.

– Quando o senhor Anjo vai partir? – repetiu o vigário devagar, buscando ganhar tempo. – Mais uma?

– Desculpe, senhor. Mas estou acostumada a servir pessoas, e o senhor não faz ideia de como é servir gente como ele.

– Como ele? Se eu entendi bem, a senhora não gosta do senhor Anjo?

– O senhor sabe... É que antes de trabalhar aqui, eu trabalhei para o lorde Dundoller por dezessete anos, e o senhor, com toda a licença, é um perfeito cavalheiro, mesmo sendo da Igreja. Mas...

– Santo Deus! A senhora não considera o senhor Anjo um cavalheiro?

– Desculpe ter de dizer isso, senhor.

– Mas o quê? Santo Deus! Como...

– Desculpe ter de falar assim, mas, quando alguém decide ser vegetariano de uma hora para a outra, nega toda a comida, não tem bagagem própria, fica emprestando meias e camisas do senhor, não sabe nem pegar ervilhas com a faca, que eu mesma debulho, fica conversando com as criadas pelos cantos, dobra o guardanapo depois das refeições, come vitela com as mãos, toca violino no meio da noite, sem deixar ninguém dormir, olha e ri para os mais velhos quando sobem as escadas, comporta-se mal com coisas que mal posso contar para o senhor, não tenho como não pensar mal dele. O pensamento é livre, senhor, e não se pode impedir que alguém tire suas conclusões. Além do mais, há um grande falatório sobre ele no vilarejo, coisas das mais variadas. Eu conheço um cavalheiro quando vejo um e sei quando não vejo um. Eu, a Susan e o George conversamos, como criados mais velhos, por assim dizer, mais experientes e, fora a menina Delia, que eu espero que não sofra por causa dele, achamos que ele não é quem o senhor acredita ser. Quanto antes o senhor Anjo deixar esta casa, melhor.

A senhora Hinijer calou-se bruscamente e ficou ofegante, mas manteve a seriedade e os olhos fixos no rosto do vigário.

– Francamente, senhora Hinijer! – o vigário ralhou. – Santo Deus! O que eu fui fazer? – disse, exaltando-se e apelando para o implacável destino. – O que eu fui fazer?

A VISITA MARAVILHOSA

– Eu não sei, mas fala-se muito sobre isso no vilarejo – comentou a senhora Hinijer.

– Céus! – exclamou o vigário, indo até a janela, em seguida virando-se para a criada. – Escute bem, senhora Hinijer! O senhor Anjo deixará esta casa dentro de uma semana. Está satisfeita?

– Muito bem, senhor – agradeceu a senhora Hinijer. – Eu tenho certeza...

Os olhos do vigário apontaram para a porta com incontestável eloquência.

O ANJO EM APUROS

45

– O fato é que este mundo não é lugar para Anjos – afirmou o vigário.

As janelas não haviam sido fechadas e o mundo exterior sob o céu cinzento do crepúsculo parecia indescritivelmente frio. O Anjo sentou-se à mesa em desalentado silêncio. Sua inevitável partida havia sido determinada. Como sua presença feria as pessoas e deixara o vigário malvisto, aceitou a decisão como justa, mas o que aconteceria com ele depois de sua proscrição, não fazia ideia. Algo certamente muito desagradável.

– Aqui está o violino – disse o vigário. – Depois da nossa experiência... Eu preciso providenciar roupas para você. Um traje completo. Santo Deus! Você não sabe nada sobre viagens de trem! Dinheiro! Hospedagem! E restaurantes! Terei de acompanhá-lo até que esteja acomodado. Conseguir um trabalho para você. Mas um Anjo em Londres! Trabalhando para sobreviver! Aquela selva de gente fria e indiferente! O que será de você? Se ao menos eu tivesse um amigo no mundo em quem confiar, que acreditasse em mim! Eu não vou mandá-lo embora...

– Não se incomode comigo, meu amigo – pediu o Anjo. – Ao menos essa vida de vocês acaba. E há algo nela. Algo nessa vida que vocês levam... seu cuidado por mim! Eu achei que não havia nada de bom na vida...

– Eu o traí! – exclamou o vigário, com uma súbita onda de remorso. – Por que não os enfrentei, não lhes disse: "Isso é o melhor da vida"? De que importam essas coisas corriqueiras? – parou subitamente. – De que importam?

– Eu surgi em sua vida apenas para lhe trazer problemas – afirmou o Anjo.

– Não diga isso! – reagiu o vigário. – Você surgiu em minha vida para me despertar. Eu estava sonhando. Sonhando que isso e aquilo eram coisas necessárias. Sonhando que esta prisão era o mundo. E o sonho ainda me cerca e me incomoda. É isso. Mesmo sua partida... Será que não estou sonhando que você deve partir?

Aquela noite, deitado na cama, o mistério do caso veio com força ainda maior diante do vigário. Ele ficou acordado e teve as mais terríveis visões de seu doce e delicado visitante percorrendo seu mundo tão insensível e se deparando com os sofrimentos mais cruéis. Seu hóspede era de fato um Anjo. Tentou relembrar de tudo o que se passara nos últimos oito dias. Pensou naquela tarde quente, no tiro disparado impulsionado pelo susto, nas asas iridescentes, na bela figura trajando a túnica cor de açafrão caída na terra. Que maravilhoso aquilo lhe parecia! Sua mente, então, se voltou para as coisas que ouvira do outro mundo, para os sonhos evocados pelos sons do violino, para as vagas, flutuantes e maravilhosas cidades da Terra dos Anjos. Tentou se lembrar das formas dos prédios, dos frutos nas árvores, do aspecto das figuras aladas que atravessavam seu caminho. Elas cresceram de uma simples lembrança até se tornarem uma realidade presente, mais vívidas a cada momento, e seus problemas, menos imediatos. Assim, suave e silenciosamente, o vigário fugiu de seus percalços e perplexidades e se dirigiu à Terra dos Sonhos.

46

Delia estava sentada com a janela aberta, na esperança de ouvir o Anjo tocar. Mas, naquela noite, não houve música. O céu estava um pouco nublado, mas a lua continuava visível. No alto, um cinturão de nuvens atravessou o céu, e agora a lua não era mais que um borrão de luz, em seguida escura e novamente brilhante, com contornos definidos contra o azul da noite. A criada ouviu a porta do jardim se abrir, e um vulto saiu sob a palidez móvel do luar.

Era o Anjo, novamente vestido com a túnica cor de açafrão em lugar do casaco disforme. Sob certa luz, o traje parecia apenas um brilho desbotado, as asas lembrando um cinza-chumbo. Começou a fazer corridas curtas, batendo as asas e saltando, indo e voltando entre os trechos iluminados e a sombra das árvores. Delia assistia a tudo, encantada. O Anjo gritou em desalento, saltando ainda mais alto. As asas frágeis se abriam e ele caía. Uma nuvem mais densa escureceu tudo. O Anjo pareceu sair um metro e meio do chão, um pouco mais, talvez, e tombou desajeitadamente. Delia o viu caído, de joelhos, e ouviu seu choro.

– Está ferido – disse ela, comprimindo os lábios. – Preciso ajudá-lo. – Hesitou, mas depois se levantou e foi até a porta, desceu as escadas e saiu.

O Anjo ainda estava no gramado, chorando sua própria desgraça.

– Oh! O que houve? – indagou ela, inclinando-se sobre ele e tocando timidamente sua cabeça.

O Anjo parou de chorar, sentou-se abruptamente e olhou bem para ela. Viu seu rosto iluminado pelo luar, cheio de ternura e compaixão.

– O que houve? – perguntou novamente. – Você está machucado?

O Anjo olhou em volta, os olhos parando no rosto dela.

– Delia! – sussurrou ele. – Minhas asas! Não consigo usá-las.

Delia não entendia, mas percebeu que era algo bastante sério.

– Está escuro, está frio – sussurrou o Anjo. – Não consigo usar minhas asas. Tenha pena de mim, Delia – pediu, estendendo os braços em sua direção. – Tenha pena de mim!

Em um impulso, ela se ajoelhou e colocou o rosto dele entre as mãos.

– Eu não entendo, mas lamento muito por você. Lamento do fundo do meu coração!

O Anjo não disse uma palavra. Olhou para o rosto dela sob a luz do luar, com uma expressão maravilhada de incompreensão nos olhos.

– Que mundo estranho! – exclamou ele.

Subitamente, ela recolheu as mãos. Uma nuvem obscureceu a luz do luar.

– O que posso fazer para ajudá-lo? Eu faço qualquer coisa por você.

Ele ainda segurava o braço dela, embora a expressão de tristeza fosse agora de perplexidade.

– Que mundo estranho! – repetiu ele.

Ambos sussurravam, ela de joelhos, ele, sentado, sob o luar que se alternava com a escuridão sobre o gramado.

– Delia! – chamou a senhora Hinijer, com o corpo para fora da janela. – Delia, é você?

Os dois olharam consternados para ela.

– Entre imediatamente, Delia – exigiu a senhora Hinijer. – Se o senhor Anjo fosse um cavalheiro, coisa que não é, teria vergonha de si mesmo. Ainda mais você sendo uma órfã...

O ÚLTIMO DIA DA VISITA

47

Na manhã seguinte, o Anjo tomou seu desjejum e foi em direção à charneca. A senhora Hinijer tinha uma conversa com o vigário. O que aconteceu não nos interessa agora. O vigário estava desconcertado.

– Ele tem de partir. Não resta dúvida – disse ele.

Logo se esqueceu qual era a acusação específica diante da preocupação geral. Passou a manhã em nebulosa meditação, intercalada por um estudo da lista de preços da Skiff and Waterlow e do catálogo dos estabelecimentos médicos, escolares e clericais. Uma agenda crescia em uma folha de papel sobre sua escrivaninha. Cortou um molde para medir a si mesmo no departamento de alfaiataria das lojas e prendeu-o nas cortinas do escritório. Era esse o tipo de lista que fazia:

1 casaca de mélton preta. Estampas? Três libras e dez xelins
Calças? Um ou dois pares.
1 paletó de tweed de cheviote (Estampas. Medidas em casa?)

O vigário passou um bom tempo analisando um agradável catálogo de modelos para cavalheiros. Todos muito belos, mas não conseguia imaginar o Anjo tão transformado, uma vez que, nos últimos seis dias, este passara sem ter um traje só seu. O vigário hesitou entre um plano de levar o Anjo até Portbroddock para tomar medidas para um traje e o total pavor das maneiras insinuantes do alfaiate que lhe servia. Sabia que este exigiria uma exaustiva explicação. Além disso, ninguém sabia quando o Anjo partiria. Os seis dias se passaram e o Anjo foi compreendendo mais e mais este mundo e encobrindo seu brilho próprio nas roupas mais novas do vigário.

> *1 chapéu de feltro tamanho 7 (parece), oito xelins e seis pence*
> *1 chapéu de seda, catorze xelins e seis pence. Caixa?*

– Suponho que vá precisar de um chapéu de seda – disse o vigário. – É o que se usa por lá. O tamanho 3 parece adequado ao estilo dele. Mas é assustador pensar nele naquela cidade enorme. Ninguém vai compreendê-lo, ele não vai compreender ninguém. Entretanto, é o que deve ser feito. Onde eu estava?

> *1 escova de dentes. Pente e escova. Navalha?*
> *6 camisas (medir o colarinho) 6 xelins cada.*
> *Meias? Cuecas?*
> *2 pijamas. Preço? Aprox. quinze xelins*
> *12 colarinhos (marca "The Life Guardsman"), oito xelins*
> *Suspensórios. Oxon Patent Versatile, 1 xelim e onze pence e meio.*

– Como vai vesti-los? – perguntou-se o vigário.

> *1 carimbo de borracha, T. Anjo, e tinta para marcar roupa branca, tudo em uma caixa, nove pence.*

– As lavadeiras vão roubar tudo.

> *1 canivete com sacarrolhas, aprox. um xelim e seis pence*
> *Não esquecer abotoaduras e botões de colarinho, &c* (O vigário adorava "&c.", fazia-o lembrar do mundo dos negócios)
> *1 maleta de couro (melhor vê-la antes).*

E assim por diante, segundo o que lhe vinha à cabeça. Isso manteve o vigário ocupado até a hora do almoço, embora com dor no coração.

O Anjo não retornou para almoçar. Não era algo extraordinário. Já havia perdido a refeição outras vezes. Ainda assim, considerando o pouco tempo que teriam juntos, ele talvez devesse voltar. Sem dúvida, havia excelentes motivos para se ausentar. O vigário almoçou de maneira indiferente. À tarde, descansou como de costume, e aumentou mais um pouco a lista de coisas para providenciar. Mas só se sentiu nervoso em relação ao Anjo na hora do chá. Ele esperou cerca de meia hora antes de tomá-lo.

– Estranho – disse ele, ainda mais solitário enquanto levava a xícara à boca.

Chegou a hora do jantar e nada de o Anjo aparecer. A imaginação do vigário começou a incomodá-lo.

– Certamente virá jantar – afirmou, coçando o queixo e começando a andar por toda a casa, um hábito adquirido quando algo aborrecia sua rotina. O sol se pôs espetacularmente, entre gigantescas nuvens púrpura. O dourado e o vermelho se transformaram em crepúsculo, a estrela da noite trajou seu manto de luz do céu do Oeste. Quebrando o silêncio da noite que tomou o mundo exterior, um codornizão começou a assoviar. O rosto do vigário se transtornou; por duas vezes, olhou para a encosta que escurecia e voltou para casa. A senhora Hinijer serviu o jantar.

– O jantar está servido – anunciou pela segunda vez, com um tom de desaprovação.

– Sim, já vou – disse o vigário, descendo as escadas.

Então desceu, entrou no escritório e acendeu a luz de leitura, um modelo patenteado com pavio incandescente. Jogou o fósforo no cesto de papel e conferiu se havia se apagado. Depois, foi até a sala de jantar e começou um inconsistente ataque ao jantar que esfriava...

(Querido leitor, está quase na hora de
darmos adeus a este nosso pequenino vigário.)

48

Ainda com o assunto do arame farpado na cabeça, Sir John Gotch cavalgava por uma das trilhas verdejantes dos bosques que cercavam o vilarejo, quando viu, caminhando lentamente por entre as árvores para além da vegetação, o único ser humano que não queria ver.

– Raios me partam – disse com intensa ênfase –, se isso já não passou dos limites! – ergueu-se sobre os estribos. – Ei! Você aí! – gritou.

O Anjo virou-se, sorrindo.

– Saia deste bosque! – exigiu Sir John Gotch.

– Por quê? – indagou o Anjo.

– Que um... – começou Sir John, elaborando uma hedionda imprecação, mas não conseguiu nada melhor que: – ... raios me partam! Saia já deste bosque!

O sorriso do Anjo desapareceu.

– Por que eu deveria sair deste bosque? – perguntou, imóvel.

Nenhum dos dois abriu a boca por cerca de um minuto, até que Sir John saltou do cavalo e ficou de pé ao lado do animal.

Para que as hostes angelicais não sejam desacreditadas, agora o leitor precisa lembrar que esse Anjo vinha respirando o venenoso ar dessa nossa batalha pela existência havia mais de uma semana. Não eram apenas suas asas e o brilho de seu rosto que sofriam. Ele comeu, dormiu e aprendeu o que era dor, percorrendo um bom trecho da estrada da humanidade. Durante todo o período de sua visita, encontrou muito da aspereza e dos conflitos deste mundo, perdendo contato com suas próprias atitudes gloriosas.

– Não quer sair, é? – disse Gotch, parando a cerca de três metros dele, com o rosto pálido de fúria, a rédea em uma mão e o chicote na outra.

Estranhas ondas de emoção percorriam o corpo do Anjo.

– Quem é você – indagou ele, com a voz trêmula – e quem sou eu para que ordene minha saída deste lugar? O que o mundo fez para que homens como você...

– Você é o idiota que cortou meu arame farpado – afirmou Gotch, em tom ameaçador. – Se é isso que deseja saber.

– Seu arame farpado – começou o Anjo. – Aquele arame farpado era seu? Você é o homem que colocou aquele arame farpado? Que direito tem...

– Não comece com suas bobagens socialistas – pediu Gotch, sucinto. – Este bosque me pertence e tenho o direito de protegê-lo como eu quiser. Conheço gente imunda como você. Pregam bobagens para incitar a infelicidade. Se não sair daqui, e rápido...

– Pois não! – disse o Anjo, uma represa de energia incalculável prestes a explodir.

– Saia já deste maldito bosque! – ordenou Gotch, agressivo e alarmado pela expressão que viu no rosto do Anjo.

Em seguida, deu um passo em sua direção com o chicote em riste, e ocorreu algo que nem ele nem o Anjo compreenderam muito bem. O Anjo pareceu saltar no ar e um par de asas cinzentas se abriram diante do homem, que viu um rosto que o olhava do alto, repleto da beleza selvagem de fúria apaixonada. O chicote foi arrancado de sua mão. Seu cavalo recuou, livrou-se das rédeas e fugiu.

O chicote cortou seu rosto quando caiu de costas e uma segunda vez quando se sentou no chão. Viu o anjo irradiando fúria e prestes a golpear uma terceira vez. Gotch ergueu as mãos, inclinou-se para a frente para proteger os olhos e rolou no chão sob a ira das chicotadas que o atingiam.

– Seu bruto! – gritou o Anjo, atacando onde visse carne para ferir. – Criatura bestial feita de orgulho e mentiras! Você relegou a alma de outros homens à escuridão. Um tolo que maltrata seus cães e cavalos! Vamos ver se vai levantar o rosto contra qualquer criatura viva agora! Aprenda! Aprenda! Aprenda!

Gotch começou a gritar por socorro. Duas ou três vezes, tentou ficar de pé, de joelhos, mas logo caía sob a indômita ira do Anjo. Fez um estranho som com a garganta e parou de se contorcer diante do castigo.

Subitamente, o Anjo despertou de sua fúria e se viu de pé entre as folhas mortas, o cabelo manchado de sangue. O chicote caiu de suas mãos e o rosto perdeu o rubor.

– Dor! – disse ele. – Por que está imóvel?

Afastou o pé do ombro de Gotch, inclinou-se na direção da figura prostrada, ouviu, ajoelhou-se e o sacudiu.

– Acorde! – exclamou o Anjo. E repetiu, mais docemente: – Acorde!

Permaneceu ali, ouvindo mais alguns minutos. Em seguida se levantou, olhou ao redor, entre as árvores silenciosas. Um sentimento de profundo terror o invadiu. Com um gesto brusco, ele se virou.

– O que aconteceu comigo? – indagou, em um sussurro compungido. Então se afastou do corpo imóvel. – Morto! – afirmou. Em pânico, virou-se e fugiu pelo bosque.

49

Alguns minutos depois, os passos do Anjo desaparecerem ao longe, e Gotch conseguiu se levantar.

– Meu pai do céu! – disse ele. – Crump está certo. Minha cabeça está machucada! – Ele colocou a mão no rosto e sentiu dois cortes de um lado a outro, quentes e inchados. – Vou pensar duas vezes antes de erguer a mão contra um lunático – afirmou Sir John. – Ele pode ser alguém fraco da cabeça, mas que um raio me parta se não tem um braço forte. *Argh!* Arrancou um pedaço da minha orelha com o maldito chicote! Aquele cavalo dos infernos vai galopar até em casa e provocar um escândalo daqueles. Minha senhora vai ficar apavorada. Eu terei de explicar como tudo aconteceu e ela vai me matar vivo com tantas perguntas. Eu sou realmente uma mente brilhante para colocar armadilhas neste bosque. Ao inferno com a lei!

50

Achando que Gotch estava morto, o Anjo caminhou em um surto de remorso e medo por entre as samambaias ao longo do Rio Sidder. Você mal pode imaginar o quanto estava apavorado depois desta última e devastadora prova da humanidade que o dominava. Toda escuridão, paixão e dor da vida parecia cercá-lo, inexoravelmente tornando-se parte dele, prendendo-o a tudo aquilo que ele achava estranho e lamentável nos homens havia uma semana.

– Sinceramente, este mundo não é lugar para um Anjo! É um mundo de guerra, dor e morte! A raiva toma as pessoas... Eu não conhecia nem a dor nem a raiva e aqui estou, com as mãos sujas de sangue. Eu me rebaixei. Vir a este mundo é se rebaixar. Deve-se sentir fome, sede e ser atormentado por mil desejos. Deve-se lutar por espaço, enfurecer-se e atacar...

Ergueu as mãos aos céus, tomado por extrema amargura e irremediável remorso e, em seguida, deixou-as cair em um gesto desesperado. As muralhas que o confinavam nesta vida angustiante e apaixonada pareciam se erguer acima dele, sólidas e implacáveis, para esmagá-lo completamente. O Anjo sentiu o que todos nós, pobres mortais, temos de sentir, mais cedo ou mais tarde: a impiedosa força das coisas que têm de ser, não apenas fora de nós, onde está o verdadeiro problema, mas dentro de nós, todos os inevitáveis tormentos das nossas mais importantes decisões, essas jornadas inevitáveis em que o melhor de nós fica esquecido. Entretanto, conosco a descida é sutil, imperceptível ao longo de vários anos; com ele, a descoberta foi terrível, no intervalo de uma breve semana. Ele se sentiu aleijado, imundo, cego, assombrado por tudo o que envolve esta vida, como um homem deve se sentir ao tomar um terrível veneno e perceber a destruição se espalhando por seu corpo.

Sem se dar conta da fome, do cansaço ou da passagem do tempo, seguiu em frente, evitando casas e estradas, fugindo da vista e da voz de seres humanos, em seu protesto silencioso e desesperado contra o destino. Seus pensamentos não fluíam, mas ficaram acumulados em uma inarticulada queixa contra sua degradação. O acaso guiou seus passos na direção de casa e, finalmente, após o anoitecer, percebeu que estava fraco, cansado e desgraçado, cambaleando na charneca atrás de Siddermorton. Ouviu os ratos correndo e guinchando entre a urze, até que um silencioso pássaro surgiu na escuridão, passou e sumiu novamente. O Anjo viu, mas não deu atenção ao brilho vermelho que irrompeu do céu diante dele.

51

Quando passou pela parte mais alta da charneca, uma luz vívida surgiu diante dele, recusando-se a ser ignorada. Ele desceu o morro e logo viu o que era aquele clarão. Eram trêmulas labaredas de fogo, douradas e vermelhas, que emanavam das janelas e de um buraco no teto do vicariato. Uma multidão de cabeças, na verdade todo o vilarejo, exceto os bombeiros, que estavam na casa de Aylmer, tentando encontrar a chave da sala onde fica a bomba d'água, tinha a silhueta destacada contra o brilho do incêndio. Ouviu-se um estrondo, e as vozes agora eram gritos furiosos e indistintos.

– Não! Não! Volte aqui!

Ele começou a correr na direção da casa em chamas. Tropeçou, quase caiu, mas seguiu correndo. Viu vultos escuros correndo ao seu redor. As chamas avançavam por todos os lados, e o cheiro de queimado era forte.

– Ela entrou – berrou uma voz. – Ela entrou!

– Ficou louca! – disse outra.

– Para trás! Para trás! – gritavam outras.

O Anjo se viu em meio a uma multidão agitada que observava o fogo, que se refletia vermelho em seus olhos.

– Para trás! – pediu alguém que trabalhava ali, empurrando-o.

– O que houve? – perguntou o Anjo. – O que é isso tudo?

– Há uma garota na casa, e não consegue sair!

– Entrou para buscar um violino – explicou outro.

– Não tem mais jeito – o Anjo ouviu alguém dizer.

– Eu estava ao lado dela! Escutei-a dizer: "Vou buscar o violino dele". E saiu dizendo isso: "Vou buscar o violino dele"!

O Anjo apenas observou por um momento. Até que, em um lampejo, percebeu tudo, viu este mundo soturno de lutas e crueldade transfigurado em um esplendor ainda mais brilhante que a Terra dos Anjos, e súbita e insuportavelmente imerso em glória, com a luz maravilhosa do amor e do autossacrifício. Com um estranho grito e antes que qualquer um pudesse impedi-lo, correu na direção da casa em chamas.

– O corcunda! O estrangeiro! – gritaram algumas pessoas.

O vigário, cuja mão queimada recebia alguns curativos, virou a cabeça e ele e Crump viram o Anjo, um mero contorno negro contra o vermelho vivo das labaredas junto à porta. Foi uma sensação de uma fração de segundo, mas nenhum daqueles homens se lembraria mais claramente daquela atitude se fosse uma pintura a ser estudada pelos dois durante horas. O Anjo então foi oculto por algo imenso, que não se soube o que era, mas que despencou, incandescente, bloqueando a porta.

52

Houve um grito, "Delia!", e nada mais. De repente, as chamas subiram em uma labareda que se lançou ao alto até uma altura imensa, com um brilho ofuscante interrompido por mil raios trêmulos como espadas. Um estouro de centelhas multicoloridas rodopiou e sumiu. Só então, por um momento, em razão de um estranho acidente, uma torrente de música, como o som de um órgão, misturou-se ao crepitar do fogo.

Reunido ali como pontos pretos, o vilarejo inteiro ouviu o som (exceto Gaffer Siddons, que é surdo) estranho e belo, que logo desapareceu. Lumpy Durgan, o garoto idiota de Sidderford, disse que começara e terminara como um abrir e fechar de portas.

Mas a pequenina Hetty Penzance teve uma estranha fantasia de que duas figuras aladas surgiram e sumiram entre as chamas.

Depois disso, ela começou a ficar abatida pelas coisas que viu nos sonhos e ficou alheia e estranha. Aquilo magoou profundamente a mãe, à época. Ela foi ficando frágil, como se estivesse deixando este mundo, e seus olhos passaram a assumir um olhar distante e incomum. Ela falava de anjos, arcos-íris e asas douradas e cantarolava um trecho de uma obra que ninguém conhecia. Até que Crump a tratou e a curou com uma dieta de engorda, um xarope revigorante e óleo de fígado de bacalhau.

de ouvido, e mais tarde descobrimos que ele não sabia ler partituras, nem uma nota sequer. Foi desmascarado diante de muita gente. Entre outras coisas, parecia estar "muito interessado", como o povo diz, em uma criada, uma desavergonhada bastante esperta... Mas deixe que Mendham lhe conte melhor. O rapaz era meio idiota e curiosamente deformado. As meninas gostam de cada coisa... – Ela olhou bem para Cissie, que ficou ruborizada. – A garota estava dentro da casa em chamas e ele entrou para salvá-la. Romântico, não acha? O rapaz era até muito bom com o violino, daquela maneira intuitiva dele. Todas as aves e animais empalhados do pobre vigário queimaram ao mesmo tempo. Eram tudo o que importava para ele. Nunca se recuperou do golpe e veio morar conosco, pois não havia outra casa disponível no vilarejo. Mas ele nunca se recuperou, parecia sempre triste. Jamais vi alguém mudar tanto. Eu tentei animá-lo, mas nada adiantou, nada mesmo. Ele tinha estranhas ilusões sobre anjos e esse tipo de coisa. Às vezes, era má companhia. Dizia ouvir música e olhava para o nada por horas a fio. Não se importava mais com o que vestia... Até que morreu um ano após o incêndio.

FIM

EPÍLOGO

Assim termina a história da Visita Maravilhosa. O epílogo está a cargo da senhora Mendham. Há duas pequenas cruzes no cemitério de Siddermorton, uma ao lado da outra, onde os arbustos sobem pelos muros de pedra. Em uma delas está escrito "Thomas Anjo", na outra, "Delia Hardy", com as mesmas datas de falecimento. Não há nada sob as cruzes, a não ser as cinzas da avestruz empalhada do vigário. (Você há de se lembrar de seu interesse por ornitologia.) Eu as notei quando a senhora Mendham me mostrou o novo monumento aos De La Beche. (Mendham passou a ser o vigário quando Hilyer faleceu.)

– O granito veio da Escócia – disse a senhora Mendham – e custou tanto que nem me lembro, mas uma fortuna! O vilarejo inteiro só fala nisso.

– Mamãe – alertou Cissie Mendham –, você está pisando em um túmulo.

– Santo Deus! – exclamou a senhora Mendham. – Que descuido! É o túmulo do aleijado. Você não faz ideia de quanto este monumento custou. A propósito, essas duas pessoas morreram quando o vicariato pegou fogo. Uma história muito esquisita. Ele era um sujeito curioso, um violinista corcunda, que veio ninguém sabe de onde e que criou um imenso transtorno ao falecido vigário. Tocava de uma maneira um tanto pretensiosa,